艷艷處 細雪飄落

葉含氤——著

【推薦序】素心相照

袁瓊瓊（作家／編劇）

含氤有種深刻的氣質。剛認識時，我以為她的名字是筆名，她說不是。這是少見的人與名相襯並且合一的例子。或許是父母親在她初生時便已確認了這個孩子的本質，也或許只是許了願，而這孩子便如其所願，成為了含氤。

含氤具備的不單是某種深澈的安靜，那安靜且無雜質。她是我認識的人裡最愛笑的。自然，是「含氤」的笑，似乎包含著內在喜悅，而不僅止於表現善意。我原本不知道她寫文章，直到看見她的文字刊在報章上。那時認識她已有兩年。看了文字，就覺得：果然是含氤啊。她的文字就像她人，安靜，幾近無聲，卻有種喜悅，素樸，像日本的和紙，內容總是比你一眼掃過去時含納的更多。

這樣的性格，似乎不是現實環境可以養成的。而像超越了生命的，來自更早更深遠的源頭。看含氤的這第一本書，尤其是第一部份的旅遊小記。我想沒有人能忽略她處理文字的方式。這部分多數寫的是她在日本的旅行。文字短而小，以白描手法寫一段景色，像是一幅工整的，淡粉彩繪出的畫。並不企圖說什麼，但畫面如此雅淨優美，獨獨因為那種氛圍，讓人願意停留。

她的用字雅而僻。有些字我甚至念不出來。但是看著字形，能體會這樣的選字帶來的意境。覺得含氤或許不是在「寫」字，而是在「畫」字。例如形容天冷，她用「冱沷沁骨」，就像寒氣撲天蓋地而來，包圍住身體。又形容落雪是「溶溶脈脈」。簡直可以看見雪片翻飛，在視線中逐漸模糊的景象。山間遠望朱椽青瓦的佛塔，她的感受是「幽深窈冥」，那「窈」與「冥」讓我同時看見了佛塔的形，又看見了佛塔的「象」。作為書名的「䙴䶑處細雪飄落」，只看字形，都像一幅日本畫，正是我喜歡的川瀨巴水（Kawase Hasui）。

我不知道含氤喜不喜歡俳句。但是她的文字很有俳句的邃遠和不盡之意。如：

「那日，天色豔艷，閑庭晏然，有雪無聲飄落。」〈豔艷處細雪飄落〉

「聽見飛雪來前，天地風雲發出的轟轟聲響。聽見那風動雲湧的十秒，我的等待。」〈京都短箋－鞍馬〉

形容她的寺院偶遇：「近午時，見一僧人從岔路而來悄步走過，形影孑然，衣衫袖袂拂盪飄動，手提一只扁平木盒從寺院那端踏著那條雪路往山門門房處，想是送飯僧。那僧人提木盒的翩然身影，讓人有光陰寂靜之喜。

我跟在其後，走過他的走過。這寺院已走過四百年。

山間氣象時晴時晦，才想著無風，風就來了……」〈行過古寺雪地〉

含氤為文，像她喜歡的「白川之香」，不揚厲，而自然曖曖含光。她的遊記寫了日本和中國，在日本寫景，在中國寫人情。很明顯，適合她的是日本。我看她寫中國旅遊，奇妙的有種格格不入，她好像充滿善意的外星人，但是根底上與她前去的土地沒有共同語言。幾乎每一篇都有微妙的憾意。這可能是我們這一代人最大的悲哀，與自己的血脈源頭早已失去連結，無論如何的孺慕嚮往，事實上已是路人。

從書裡看，含氤祖籍應該在中國，她為祖父寫了〈渡口〉一文。當年二十出頭的祖父去廈門訪友，離去時，友人留宿，祖父婉拒。這一推卻，便是千里暌隔，生死兩茫茫。

離開了故鄉的祖父，是陪伴含氤童年的人。從含氤的描寫中，感覺那是個安靜的，內蘊的男人。寫到祖父和在台灣的生活，含氤的文風丕變，不再如同寫日本遊記時的雅緻。或許是因為人生不可能在距離外書寫。寫到真正的切身事務時，難以事不關己。這部分的書寫有溫度，有厚度，有依依不捨。如果書的前半本是作者的素描或畫像，人在雲裡霧裡；後半部分就是面對面的「生活照」了，真正的，那個實打實的葉含氤在這裡。

雖只是簡淨的絮絮言說，我看的十分震動。看到了作者的心事。真實誠懇的書寫，一定有非凡的力道。這也可以反過來推論，如果感受到文字間的力道，那必然是作者在文字裡放進了虔敬心意。

含氤書裡有一篇〈風雅〉，講了千利休和織田信長的故事：

「千利休向織田信長獻寶：利休將木盒放在近窗的廊邊，掀開蓋子，在盒中倒進一瓢清水。

不消一會兒，織田信長與眾人們看見木匣中，慢慢地浮現皎潔白影，蕩蕩漾漾在水裡浮氽著。

那是天上的明月。」

下面，含氤寫：「利休安靜地等待著織田信長的反應。」

就此戛然而止。

這個故事，我覺得拿來形容作者與讀者的關係，不能更貼切了。所有寫作者都是獻出水中明月的利休，而織田信長能否相知，不是他能夠決定的，能做的，唯有「安靜的等待」。而素心在此，看得到的人就看到了。

每一本書，面對讀者，其實都是交心的過程。我們透過文字，去認識寫出文字的那個人，素心相照。能看到的人，就看到了。

我慶幸我是那個看到的人。

目次

一、路過的風景

釋迦堂聽經

釋迦堂在京都賞楓名所永觀堂內。我到時已是二月早春，庭院裡僅數點白梅，群樹綠枒未發，還是山野凋疏人跡寥落。

釋迦堂寬廣宏大，有古風有華彩。堂內飾以幾盞金色古雅大燈籠，佛前兩株大器金蓮彷若迎風搖曳，姿態靈動典麗。從前總以為「金色」塵俗氣太重，但此番相見卻見其輝煌奧深，一改往昔偏執。

大約下午近四點時，我在這正殿後方看見一位中年僧人手持錫杖，每走兩步，即以錫杖擊地，莊嚴沉穩地從後門走入正殿。旋即，一陣動聽的吟哦幽幽傳來。引得我繞過迴廊從正門走入，靜坐聆聽了一刻鐘的佛經。

吟詠經文的僧侶只有兩位，其中一位是方才在後方遇見執法杖的那人，他端坐在佛前約三公尺遠的木椅上，身前有一方小桌，案上擺了經書與一爐香，焚香氤氳，薰以供佛。佛龕右側，一位年輕和尚跪坐，時而敲木魚，時而擊法磬，那舉止身段，曼妙柔麗卻不失典重。兩人相和吟詠的音韻婉轉雅正，聲調清朗明澈，聽之可澄心可見性。

我不是佛教徒，也不知他們所誦吟之內容，只覺得人間有此情此景，甚好。

龍安寺之牆

一堵牆，隔成一個「界」，一個區別我與他者的「界」。似是在茶道裡，以扇為界，主與客，客與客之間，以有形喻無形。

京都龍安寺石庭正前方有一堵牆，用黃土夯成，雖斑駁卻結實有層次，牆頂青烏色木簷，覆住牆垣。垣外花樹蔚茂，芳草蔓蔓，碧湖中紅蓮雖謝，而柿樹卻結果纍纍，有鳥歡快啄食。黃牆內，一方枯山水，以白沙為水，以青石為山。牆不高，恰似人站在方丈處的高度再矮一些，卻正好區隔了裡外。

牆內許多旅人來回用手指著，口中喃喃：「一、二、三……」。人們站立或坐著凝視寬約二十五公尺、深度約十公尺的石庭。這個空間其實不大，但正如書上所說，不論人站在何處，皆無法一眼望盡庭中的十五顆石。人在每一個定點，總以為放眼望去即是全貌，其實皆是盲觀。

這一小小空間如此，更遑論是牆外的那片大千世界。

《六祖壇經》言：「於外看境妄念，浮雲覆蓋，自性不能明。」正當人們細數著石頭時，也陷入了妄念之中，執著於形體的樣式、形體的質地、形體的數量，那一心一意，想從眼見為憑的實像中，探尋著諦旨，卻不知那只是自以為是的真理。

此庭埋伏著一言：現象界的虛幻。

正當我思想行走到此時，彷彿也照見自己的闇昧無明。

我想起纏懸於心的諸多世情。

此間彷彿遺世獨立的天地。我在這裡看見許多雲，雲是白的，遠望而去彷彿落在牆緣邊角，有些被牆外綠樹遮蔽，但穹頂藍麗如海。風靜而涼，秋陽燦燦扎人雙眼。還有味道，鼻腔裡有土壤白沙木地板的微微氣味交錯，而光線中飛旋著細塵，由上而下灰灰點點，似是塵埃待落定。

落定的塵埃終有各自歸處，我素日縈心人情，糾葛愛憎，牽懷聚散，悵惘歲月駸駸，哀嘆壯志未酬，是否終不過是憂煩自尋？

這何嘗不是《壇經》中的「浮雲覆蓋」？也是我的「界」，我的耽溺自陷，我的癡騃幻心，我的狂放自縛。在荒煙衰草之間，惚兮恍兮；在闠隘巷窄之中，躑兮躅兮；在悲喜交會之處，哀兮笑兮；在萬千風雨迎面撲來之際，趔兮趄兮。

據載，弘一法師示寂前不久，曾與友人一同到浙江溫州雁盪山，上山時弘一大師佇足遠望山色蒼茫，友人問：「想什麼呢？」師答：「家事，人間事。」

塵寰障翳，亙古如斯。

京都禪寺或書院茶室常見有掛軸或匾額，書：「日日好日」。它並不是日日皆好的意思，而是所有在「今日」發生的事情，那怕或幸或蹇，或榮或悴，或鈞天廣樂的慶典，或悲慟摧割的生離死別，所有在今日與己身狹道相逢的事事物物，都是麗水邊飛濺而起的珍珠。

正如此刻，我在牆內逢遇己身嗔癡罣礙，雖分不清何者為現象界的真實？何者為無實心念的幻象？但石庭白沙如滄浪清水，既能洗纓洒足，想必也能濯心。這難道不也是令人豎然心喜的好時好日？

石庭是主，我是牆外走來的客，是闖入伽藍禪剎的庸夫，是不為修德成佛，在人間潮汐裡逐浪的俗子，是在黃土牆內窺見熹微玄妙的鄙俚之人。此庭不費一辭一言，遍說形上與形下，用的全是寫意的象徵。

豔艷處細雪飄落

山勢更加陡了，我漸行漸喘。總是趕早，趕在清早時分繚霧初散人罕時進山。

寶泉院其實並不在京都城內，而是在城北的山坳農村裡。從大原巴士站下車還需步行近二十分鐘才能抵達。來過數回，偶爾晴天艷麗，偶爾雨雪齊落，但都是冬天，大地清凌凌冷寒寒，沿途農家瓦舍，田間菜園積雪凝霜，冰晶色白。

此次來時，薄雨微微，舉傘沿溪逆行而上，日昨遊人足跡已泯，途中幾戶賣山產漬物的商家，並不積極招徠，一派閒閒適適慢慢悠悠，頗有姜太公釣魚之態。

寶泉院門扉樸質蒼古，庭園有一高大巍巍的古松嶙峋傲立，就算是群樹枯槁的冬日，也可從院外窺見其頂葳蕤綠華如蓋。戶外天氣冱汲沁骨，我迫切地想尋一方溫暖，於是購票後先脫鞋進入室內。說是「室內」，也有弔詭之處。客殿面向庭園的三方，無牆無窗，戶外與室內是沒有隔閡的相互穿透，以至於外面的溟溟寒氣更是越嶺而來直接貫穿到建築裡，而地板更是冷峭，讓人自腳底噤噤寒顫而上。

面對這漫天襲來的凜冽，我倉倉皇皇手足無措。不知該臨庭而坐，或是來回走動以提高熱能？又或潦草看完匆促離開？後來，還是在紅色座墊處曲腿跪坐了下來。不久，院內人員即送來一碗剛筅刷好的抹茶與茶點。這茶點的費用包含在門票內，大概是要留人多歇一會兒，多感受一下山光景致天地大美。摩娑著粗礪的茶碗，茶量雖不多，但至少是碗熱飲，暖了手與身。有了溫度，我也從容了起來。

生命常常讓人不知如何是好，就像一只風鐸跌落，是否該傾身接起，或是冷眼旁觀任其碰裂。面對這寒冷，我也憂生了徬徨，該留？該走？

坐了片刻，還是冷，身子不覺瑟縮了起來。然而在倏忽的一瞬，微雨成了細雪，靜靜地下著，而眼前老松兀自峨峨，承雪而不動。

「行到水窮處」，想來也是這般吧！

雪愈來愈大，溶溶脈脈地落著，我也走不了。與其因冷而苦思徘徊，不如就這樣靜望著雪天。庭前有霧凇，透澈清亮晶瑩如珠，屋裡衢道蜿蜒處綴有幾枝花，靈秀巧慧，帶著古雅的禪意，不落言筌，卻處處機鋒。

心愈來愈沉定，反而不覺冷了。輾轉流連，直至近午，才走出院門。在石板路一轉彎處，依依回望那處許我寧靜的庭園院落。

那日，天色豔豔，閒庭晏然，有雪無聲飄落。

鳳凰堂裡見鳳凰

建築家漢寶德第一次到鳳凰堂，因不知位置所在，於是到京都觀光服務處詢問，偏偏又不諳日文，只好雙手比出大鳥展翅貌，一面用英文說「temple」。

那時他才知，原來鳳凰堂不在京都城內，而是在距離京都半小時車程的宇治平等院。

很多人知道，日幣十円與一萬円均可見鳳凰堂的印跡，也是日人與他方旅人的必攜之物。

而我到鳳凰堂不是因為它獨特的建築結構，而是往年來時正逢它整修，緣慳一面。

人總有一種為了某事不怕繁瑣的閒情毅力。說閒情，是可以不見，卻還是要見。說毅力，是心神往之，一而再地重訪，只因建築家說：「平等院只有這個鳳凰堂了。」那個令專家讚賞的鳳凰堂，究竟有何等玄妙？

五月新茶甫上，自車站走出，沿路嗅著玉露舲芳，踩著一段微暈晨光。昨夜剛下過大雨，宇治川江水湯湯。街巷猶留雨漬，此時雲還是有的，但已透出亮眼日芒。

從前讀李白詩「鳳凰臺上鳳凰遊」，大概是一句七字就出現兩次，讓人錯以為鳳凰是旗布星峙群群叢聚，郊山曠野閭巷人家時時可見。

但誰又見過鳳凰？

而鳳凰堂卻有漫天紛飛的鳳凰。

殿堂層層而上的起翹飛檐如鳳身，堂側兩方對稱長廊如羽翼，雙翼末端又以一彎方形樓閣收束，恰如鳳凰于飛。

中堂脊沿兩側各有一隻相對的金銅鳳凰雕塑，英凜凜昂首挺立，傲然。

而堂內壁飾彩繪工筆細膩，色澤奔揚斑斕，靈動離離，有飛舞的天人與奏樂的童子，還有群群鳳凰擊翅勃勃，忽展翅飛翔，忽斂羽凝視，時而在高，時而在下，恍恍間讓人目眩耳震。

所有的絢麗光華都象徵極樂。

堂外朝陽照著紅柱黝瓦巍巍法堂，倒映在澗川靜水，就連斗拱榫接也能在麗光水影中明澈清楚地見其繁複章法。而臨水旁柳樹垂岸，池裡幾株白蓮，恪守本分，安安分分不招搖。

總說鏡花水月是幻，而倒映在浮水上閃閃裊裊的鳳凰堂卻是真，是可細量端詳，真實地映入眼簾，攝入照裡，兩相倚靠相互印證。

鳳凰在檐上，鳳凰在壁上，鳳凰在整座鳳凰堂上，身姿曼麗翩翩起舞。

鳳凰堂上第一代鳳凰，歷經千年滄桑已移至寶物館保存，如今在外食風飲露的已更換為第二代鳳凰。

突見一路人，手舉一張一萬円鈔票，就著日光與那堂頂上的鳳凰兩相對照。忽而哂之：此鳳凰，彼鳳凰，不也是天上人間？

尋東山曉月

清少納言《枕草子》說：「月亮，以曉月為妙。東山之邊端，冒出細彎彎的，才叫人感動呢。」

曉月，拂曉之月，就算天朗氣清也非日日皆有。從來都是陰曆十六之後，才能看見。東山，指的是京都東山，大約是清水寺的方向。但不知為何月落會在東山？

十二月訪京，巧逢陰曆下旬。某日踩踏往東，循著《枕草子》記錄的佳景而去。

天將亮而未亮，馬路空闊，僅零星地閃過幾輛計程車的車燈，街巷還在沉睡，無人往來。走過沿路緊閉的木格子門，一路向上。清水寺山門前，人跡稀寥，一直覺得，此時此刻自身舉止吐納也當嚴守輕細微巧，唯恐塵世濁俗玷其明靈幽玄，靜和溫蔚之氣韻。

昨夜剛下過雨，石階潮潤，凹陷處有積水斑斑。而天空低雲卻已退盡，是澄淨的靛藍。山門旁有佛塔矗立，門與塔上木椽桁桷皆漆著鮮明的朱紅色澤，襯著青黑屋瓦，遠望過去有幽深窈冥之感。前方山影綽約，林藪紅葉未落盡。天地間薄闇微明，萬籟猶寂，而舉頭望月卻不見月，不知是否藏在雲之後？

隱隱間，聽見熟悉的中文，四下尋覓見兩個年輕女生在紅葉前互相拍照，拍完照後聊了幾句，大概就是問彼此，已經到京都幾天？何時要離開……之類的。然後相互道別，各自走各自的旅路。她們低聲窸窣的應答，成了此刻唯一的人聲。原來她們也是單獨旅行者。也唯有單獨，才能在天光未亮時上東山朝聖。

「聖」，有崇高、上者的意思，朝聖需心神清明。而靈台在清晨時分最是淨澈。清水寺六點之後方能入寺拜觀，我到得早，在外流連了一會兒，才購票入內。

此寺是西元七百多年即建造完成的古剎，也是城中最古老的佛院。此時入寺，正殿裡瀰漫中和端嚴的裊裊沉香，而殿前懸空的舞台人寂聲靜。踩在堅實而樸雅的木板上，猶立足在千年歷史中，有騰雲之感。既尋不著月，反而可無旁騖細睇初冬的山林，由繁麗轉凋瑟，由細緻漸頹然。有些地方枝枯葉落，有些地方還有幾抹酡紅，似美人遲暮。

山間有鳥吟鳴，有烏鴉啞啞而過。風緩緩而清冽，天空已由原來的靛青顯透出白芒。我閒散走過小徑階梯，一路行到寺裡名勝——音羽瀑布。這水由山間流淌而下，據說飲之可添壽除厄，還可求智慧。我隨俗接水啜飲，雖不知這一飲能除多少罪愆孽過？只覺冰凌凌一陣寒。世間事從來如此，冷暖自知。瀑布旁的幾間商家尚未營業，倒是樹影殘紅被初綻的日陽映得一路彤麗如霞。

入寺不到一小時，日已燦出，人聲漸萌，逐一紛沓而來。我閒漫步出山門，沿三年坂往山下行去，一路與泛湧而上的遊人相錯而過。

雖尋曉月不成，卻也因此迴避了人潮，走了一趟拂曉靜謐的清水寺，盡今朝之興。

行路間隱隱傳來寺院鐘鳴迴盪，殘響氤氳。駐足聆聽，不禁思忖：不知千年之前，讚賞過東山曉月的女官清少納言，是否也曾聽過這樣穿過樹梢，流過石階的鐘聲？

高桐院聽風濤

此處一片靜，而風聲如濤。

京都二月天，猶是凝寒刺骨的冷。

早上乘巴士到大德寺，走至高桐院正好九點，沿著細長蜿蜒的小徑走入。此時院門甫開，購票進入不久，即見方才門房那位女士細步走到庭院前迅速地鋪上紅色地墊。

高桐院庭園又稱「楓庭」，顧名思義，可揣想院落秋日璀璨。而如今寒天寂寂，寥寥落落，但也無妨，我本不是為華麗而來。

這座庭園玲瓏小巧，自有隱微婉曲，非一眼就視得全景的。

面對庭園的客殿是沒有屏障的大寬大闊，與宇宙穹蒼為一體，門框如畫框，框著一幅古往今來悲喜哀榮緣聚緣散的亙古歲月。蜷腿獨坐庭前，忽聞一陣旎旎馡馡的焚香，恰似老香鋪豐田愛山堂的香木氣味。放眼前方經冬猶自青翠的長竹因大風颱颱，發出簌簌颯颯聲響，規律復始如滔滔海潮。

天地如此謐靜，如此純然，以為檀香風濤是世上唯一的氣味與聲音。

庭間角落一棵寒松傲雪凝霜昂昂孤立，隱沒於更前方林木陰鬱處有兩座古老墳塚，葬著高桐院創建者利休七哲之一的三齋公及其夫人，墳旁還有座數百年前茶聖千利休十分鍾愛卻因政治矛盾圮毀一角的石燈籠。在燈籠毀損之際他卻沒有料到，這個殘缺，反而突破了圓滿，更接近「寂」的美學意境，以致後來護之切切。

幽篁間冥想，一股蒼涼的古意襲來。素知是人，就有故事。而生命中許多貪啊癡啊嗔啊，人們總無法取捨與掂量，從往昔到今日，一世又一世重重疊疊，宛若耳際不止的風濤，成了彼此交相錯落的回聲。

恰如一串瓔珞偈頌

京都許多寺院都是小巧秀美，像剔透瑩淨的五言絕句。而延曆寺，盤據比叡山頭，疊嶂綿延義理騰旋，竟似一串瓔珞偈頌。

延曆寺位於京都東北方，傳聞是京都的鬼門。古代君主為護守都城的平安，於是在此山廣築佛寺。

五月上山，天朗明而微冷，滿山遍野新綠煥赫，奕奕有神采。延曆寺並不是「一間」寺院，它包含橫川、西塔、東塔，腹地廣大，整座山幾乎都是其範疇，也因為如此，往來均需倚賴山區巴士。

市廛紛鬧，佛寺總在山林清寂處。就算日晴，樹木蓊鬱處也不免暗甍甍，尤其橫川又在最深的山裡，人跡罕至，那日除己身之外悄然無跫，有時走在黃土小路看著沿徑安置的石菩薩像，腦中浮起鬼門一事，頓時萌生山魅煙靈流連徘徊的幻覺，心悚悚然，以為前途乖蹇，步步險隘。還好林蔭翳日只是暫時，在一個岔路轉角，絢爛陽光從樹杪葉間灑落，又見彩蝶嫵媚紛飛，杜蘅紫芙鬖鬖生長，忽有柳暗花明之喜。

山間明暗萬象，本是自然，自有自的理。天高地敞涼風習習，想起方才的荒誕妄念，只覺自惹塵埃。

近午離開時，見來者兩人偕行走進空寂的橫川，而我則反向搭車到了遊客稍多的西塔。

西塔是亮度較高的境域，那裡的釋迦堂宏闊嚴穆，是延曆寺最古老的佛堂，已有六百年歷史。我在廣場看見一對父女，那女兒約莫四十多歲年紀，攙扶著老父，施施然走上殿堂，虔敬地禮佛，也許是祈求闔家安康現世安穩。會如此揣測只是私心以為，歷來人的祈願，往往最尋常的也是最珍貴。

自堂前沿階而上有座荒僻的小神社，蔓草雜生，瞧那朱色燈籠井然羅列，想來也曾有過繁華光景。忽見一隻大鳥啪啪地從樹梢飛起，盤旋了幾圈，消失在藍色天幕中。這山野莽莽，林木鬱鬱，坡上的映山紅自開自謝，化成春泥。放眼一切，似是無為，卻又在無為中看到經緯規律。天蒼蒼野茫茫，人的榮衰、物的繁凋、鳥的起滅，都是暫生，而數百年來唯有此座古邈的佛寺靜觀這瞬息塵世，恍若成了八荒九垓唯一的「存有」。

至於距離西塔大約兩公里的東塔，那真是遊人熙攘聲囂處，是最接近多彩人間的地方了。初到這裡時會以為方才橫川與西塔的寧靜幽光是前塵舊夢。

東塔遊覽車密集往來，旅行團接連不斷，不論東方人西方人都趨之若鶩，全是要進根本中堂看那座一千兩百年不滅的法燈。法燈是燈，法燈又不是燈。人們繞著燈座盤桓，有的望一眼即匆匆行過，有的緩步躑躅，再三琢磨，企圖看出更多端倪。偏偏佛家不言不說，知道再多語彙都是戔戔表象，於是用一盞燈的留白告訴芸芸眾生，一個不生不滅的理念世界。堂裡燈燭明亮，梵音縈繞，參拜者赤足踩在木地板上，一聲聲交疊的「咚—咚—咚」踩出一片沉厚敦實。

隨著群眾繞了一圈走出恢弘堂門，忽聞不遠處傳來鐘鳴。尋聲訪去，原是鐘樓有人擊鐘轟響。我走到那兒，發現是遊客的遊戲之作，大鐘前方還排了好些人等候呢！

人人都希冀能撞出一聲振聾發聵的清真智慧，只是眾聲喧譁刻成了一幅現代浮世繪。

而我閒步行過山間數座廟堂，不也成了浮世一抹？

迫暮促歸，乘纜車穿越群巒而下。比叡山頂綠意盈盈，朝也好，夕也佳。延曆三處，處處皆如佛前烺燦瓔珞，也似高僧明心偈言，讓人在出世與入世峰迴路轉之間顧盼連連。

京都雪落

從關西機場搭火車越過大阪行往京都，燦藍的天襯著幾朵白雲，我坐在向陽靠車窗的座位。太陽的光線與車廂裡的暖氣，還有列車規律的行駛聲音，都讓人安心，我壓低椅背穩妥睡去。隱約聽見車長廣播：到了天王寺，又到了新大阪。這趟旅路已走過多次，就算腦袋昏沉，我猶能預估還有多久時間抵達京都。

一小時後睜眼醒來，望向窗外，沿途房屋的斜頂一片白。是雪吧！據說前兩日京都下雪。當火車更接近京都時，鄉鎮景致忽忽而過，途經一個不知名的小站，月台軌道旁積雪皚皚。此時天空一改之前燦爛，只剩微光豔艷，不久後，一朵，一朵，又一朵的白雪從窗邊飛過，有些打在玻璃窗上，成了霰粒，風一吹，繪成了畫。頓時，車廂內發出各種語言的驚呼：「下雪了。」又然後，東寺的五重塔從我視線閃晃而去。看到五重塔，就到京都了，我繫好圍巾、戴上帽子、穿起外套，準備下車。

步出閘口，凜冽之氣籠罩天地，雪愈下愈大，飛簌簌地朝臉襲來，後方有同是台灣來的女孩：「是風雪啊！」

「風雪」？多麼常見又陌生的詞彙。我從沒想過，今年的京都迎我以漫天風雪。走出車站，熙攘的路人紛紛撐起了傘，到訪的旅客縮著頸子拉著行李箱轉公車搭地鐵。往往來來，人的衣裳、打起的傘花與行李箱都積上雪，天太冷，雪未融，冰晶粒粒，成了一幅堆積滿地的繽紛落華。

我彷彿是隻誤入冬雪的夏蟲，未見過這般大雪紛飛縈空如霧的城市，在車站門口不禁瞧得癡了。驀然間，一個小男孩跑著跑著撞到我的行李箱，跌倒了，嗚嗚地哭起來。他媽媽趕忙過來扶起，細聲的說：「沒事，不要緊的。」是有捲舌音標準的普通話。這一撞，讓我重返人間。

京都雪，可遇不可求，如同愛情。抱著找雪的想望來京都，愈是牽纏掛懷，大概都會悵然而歸。所以，行旅之人在京都遇雪，都是巧遇，也只能是巧遇。這個「巧」字，是無罣無礙，是不忮不求，人沒有主導權，全憑上天賦予。

五年前在京都，同樣是冷凌凌的一月，那次到訪的一週，溫度雖低但天清地敞，無雨無雪也無雲。卻在末日清晨趕著搭第一班火車到機場時，五點天未亮，車站偌大空曠，旅客寥寥，四周靜靜悄悄。突然，在某一個剎那，聽到一陣颯颯風響，隨後站內飛進莫名白毫，剛開始是點點片片三三兩兩，有些從門口飛入，有些從車站上方的空隙飄下。我以為是哪裡落下的灰塵或飛來的花絮，後來愈飄愈多，因風翻飛成旋，我盈手相握，一陣冰凝，才恍然，是雪。本來已經要入閘搭車，倏忽間又轉身快步走到門口，望向幽暗的天際，讓霏霏細霙在我身上繡出片刻清綺。

昔時離去，以雪相別。今日返來，以雪相迎。

悠悠五年歲月，逢遇人間悲涼世事寡薄，而天降的這兩場巧雪，仍以情待我。

一樣的車站，一樣的地方，一樣的如花飛雪。這次我舉步走進風雪裡，走一段繁麗盛景。

京都行散

這街，名寺町通，有著很多賣古物瓷盤的商店。店家多是老式的日本平房建築，樸質的店面，有些甚至沒有店招。沿街擺上一摞摞的青花瓷碗、朱色唐草碟，赭紅黝黑的漆器，或是綴補鎏金的哨子杯。有些是日常實用什物，有些則是從明治、大正時期留下來，歷經世間幾代繁麗與寒涼的古瓷。

我喜愛看來古老的物品，喜歡用手撫觸那描花的凸起，甚至感覺那釉彩消逝的平滑。難免猶豫了起來，買與不買，成了此刻心裡的天秤，互相牽制。

我還是空著手走過這條街。

這街還有聞名遐邇的茶鋪一保堂。據聞每逢十月下旬，店家會將當年封罈的五月新茶，一罈罈一甕甕地分送到京都各派茶道總部，像是裏千家、表千家。到了十一月，就是茶道界開新茶的盛事，各流派茶室就會將茶鋪送來的新茶研磨成末，作為來年使用的茶粉。

一保堂店鋪內，品茶賣茶，熙來攘往的，彼方聲落，此方聲起，人聲迭沓卻不覺轟亂。入店片刻，見多位來客從櫃檯處接過一袋袋的茶品。此處的茶不便宜，包裝精美且古雅，買來送禮挺有面子的，但我不送人茶，我愛送人紙。品茶有口味上的好惡，很難拿捏是否得人心。而送紙，就不一樣了。

京都有多家歷史悠久的紙坊，百年、兩百年、三百年不等，歷代製紙販紙。東山有間「紙嘉」，在地下鐵附近，從元祿時期創業，直至今日已三百年，都以「紙」為業。當地諸多神社廟宇都以紙嘉和紙為朱印寫經專用紙。當然，店裡也賣信紙信封便條紙之類常用的紙品。我在店內看見抄經和紙，上面印了淺墨色的〈心經〉漢字，寫經人只要拿筆臨摹即可，很是方便。

另外有間鳩居堂，除了賣各式書畫紙品外，還有多種薰香。因臨市井繁華處，往來的觀光客也多，在店裡選購常得側身行走。「鳩居」，可知其商標就是鴿子。

其他隱藏在巷弄間的紙店，更是難以數計。一座城市有這麼多的紙家，不禁揣想，此城此地提筆寫字的人有多少啊！

我常在這樣的商鋪買和紙、便條。買來了也許自用，若遇心儀也寫字的人，就送給他。我覺得，「紙」是有靈魂，有個性的，像人一樣。有些紙寫起來，像雲沉積在山頭，層層疊疊，是烏青色的水墨。有些紙寫起來，則像褪了色的絳紅，邊角還飾著青色雲紋。寫上字的紙，彷彿鋪上了歲月的曖昧，諦觀著人心起伏。

這些紙鋪都賣一種名喚「一筆箋」的紙，是細長方形的便條，大多隨著季節印上春花夏樹秋楓冬雪。一筆箋，顧名思義，就是讓人只寫一小段話，一個片刻的喜與哀，一剎那的心靈觸動，一種可能被封禁，卻又悄然萌生的愛與痛。一筆箋，也透露著，沒有什麼是恆常不變的。所有的心緒，所有的狀態，一筆成就，也一筆終了。

說到一筆箋，就屬宇治平等院印製的最得我心。那紙張背面印著鳳凰堂的壁畫。那鳳凰，風儀容止，細膩奔揚，真美啊！

行過古寺雪地

神護寺是賞楓名所，而我們在人跡稀寥的冬日來。

這寺院清靜已久，一路拾階而上，石階上殘雪積累，一名身著藍色工作服的老者由上而下沿階層層掃雪。我們錯身而過時，彼此禮貌問候。好不容易爬抵寺院山門，見門前雪地上幾塊被簷上積雪推落的青烏色碎裂瓦片，想來昨日那場雪下得浩瀚。從山門行入，放眼望去一片平廣的白皚皚，中間僅留一人行走的狹仄通道，說是「通道」也不甚精確，該說那是一條被僧人踩踏而出的雪路，雪路兩旁積雪近二十公分。此日雪方過天晴霽，清澈澈的藍天，映著雪光瀅瀅，是純淨素潔具神性的天地。未被踩踏的雪地，遼闊豁然，平整潔白，有聖美流盪。

巍峨古雅的金堂台階站著僧侶，身著灰黑僧袍，襟前繡了棕綠色的幾何花紋，其面容藹藹，見了我溫煦地用日語招呼，舉止從容爾雅。進入殿堂，四方木櫺長窗圍繞，幾盞火燭閃爍，光線雖沉，卻有雪光反映入室，襯出一塊白。佛前香篆馡馡，偌大佛殿寂靜無聲，無聲是因為人稀，僅聽見著襪赤足踩在地板上的窸窣聲。如此靜謐淡瑩，竟不覺時間流逝，莫名地想多待一會兒。這樣莊嚴之地，就算沒有神諭，沒有天啟，也有鍾毓明達的沾沾自喜。

從金堂出來往山裡走去，需攙著階邊扶手，石階落差不規則，一步一履都是驚心。沿路不只一次聽見雪從枝上跌落地的「啪啪」聲。雪非常弔詭，飛落時輕靈如絮，一旦落地，愈積愈沉，愈沉愈厚，亦可重若千鈞。就像落在樹枝上，一分一寸地積累著，韌性再強的枝椏，也很容易折斷。雪地上零落的殘枝，大概是這樣來的。

在雪地行走不能分心，得全心留意腳下。而當對待一事，過於專心致志，思緒自然澄淨清明起來。這片山林，皆是高聳的杉木，樹幹直挺挺拔高而上，彷彿欲與天爭高。往小逕行去，有一擲厄瓦處，也就是將一只直徑約五公分的圓形瓦片往山谷用力擲去，丟得愈遠，表示能將厄運拋得愈遠。古今中外，人們總想趨吉避凶，因之成就了信仰與宗教，卻總也一輩子在憂幸之間踱蹀。

近午時，見一僧人從岔路而來悄步走過，形影孑然，衣衫袖袂拂盪飄動，手提一只扁平木盒從寺院那端踏著那條雪路往山門門房處，想是送飯僧。那僧人提木盒的翩然身影，讓人有光陰寂靜之喜。

我跟在其後，走過他的走過。這寺院已走過四百年。

山間氣象時晴時晦，才想著無風，風就來了……

白川之香

京都老香舖松榮堂有一款線香，名曰：「白川」。

白川其實是京都祇園附近的一彎淺溪，周遭都是日本傳統的町家建築。這裡有座小橋橫越這脈溪水，喚名「巽橋」。「巽」，《易經》的卦名，意思是「風」。橋邊垂柳依依、溪畔野鴨戲游，一派清閒徐徐古意悠悠。

近晚時分常有攝影師在此處架起看似功能極佳的相機，長時間安靜地等候捕捉典雅的藝妓手托小包袱，碎步匆匆走過的身影。

這是我對「白川」這地方的印象。

京都有很多所寺廟用來供佛的香都是松榮堂製作供應的，像是著名的金閣寺、清水寺、東寺等等。曾經有人跟我說：去京都好像整座城市都瀰漫著「香」。我想，大概是京都寺院多，所以去到哪裡，都有檀香沉香之屬縈縈繚繞，甚至連衣襟帽簷都沾染了那份莊嚴香氣，竟日不散，以致有此錯覺。

初識松榮堂的線香是早些年買過「二条」，買時懵懂，胡亂地選了這一款。返台後在家點燃，覺得這氣味清麗宜人且有特色，與坊間日系連鎖店賣的迥然不同，因而喜歡上松榮堂的香品。

今年初夏經過清水寺附近的店鋪，在幾款盤香線香之中獨選了「白川」。一來愛她的名還有那巽橋之景。另一個原因是，當時店裡就點著這香，聞起來獨特卻無銳利鋒芒，反倒有曖曖內含光的溫婉之意，心中甚喜也就買了。

前兩日點了一炷香，我一面懷想著京都城裡那白川緩緩的流水，一面靜靜地看著緲緲香煙在空氣中飄盪。然而卻在燃香後不久，那香味漸進地佔據了我所有的心思。輕煙乍起之際，輕靈跳躍，像身著翦紅衣的清麗女子迴旋狐步。後經線香寸寸焚燒，那氣味彷彿在某一特定的瞬間，從翩然而起的步步嬌媚，變幻成幽微平和含蓄婉轉的聲聲慢，一如女子情意心緒的轉換，一線之隔，自華麗歸於靜寂。

這白川之香，一柱二十分鐘光陰，宛若在白川之地舞踊，訴說著敷白面點絳唇的藝妓，她那隱藏在華麗錦織之下，不可言說的心事。

大原之雪

大原，京都北方被山林籠罩的一地鄉野。我不願人多的季節來這裡，執意挑著一個雪滿北山的天氣，若剛好遇見欲雪未雪之時，那才真是天時地利的神妙。

從城市一路行來，時而日陽燦爛，時又漫漫飛雪。霽雪交替，如臨世外。

三千院外，石牆堅偉，御殿門前左側豎立著恢弘的木製牌匾，直書：「三千院門跡」，字體洋灑而穆雍。「門跡」，指的是由皇家貴族擔任住持的意思。院落一條石子路，從中央穿膛而過，盡頭是往生極樂院。此間，因古物保存，堂裡黮闇不明，僅有天光熹微。據載，其內室頂棚原本繪有光彩妍麗的飛天與菩薩，然而歷經千年歲月，絢豔斑斕的色彩已蛻成悠長曖昧的時光。

庭中零星椿花盛雪綻放，隱隱幽幽的豔麗，無視冰雪嚴顏。庭間枯木寒水，石地藏在雪地裡斂目微笑。

日本有首和歌這樣寫道：「京都大原三千院，一位在情愛中受盡磨難的女子啊！」

我不知道這位女子的故事，但我想，除了情傷，想必那女子也帶著思念而來。所有的傷痕，都源於愛。而思念，因愛而生，彷彿庭間在雪中藏匿的椿花，不輕易顯露。回憶，有時因氣味而起，有時因物樣而生，有時是心思周折，有時是夢裡的片段，疊疊複複，在心底如珠串躁動，縈心牽絆。

人會決定走出繁華，從不是因為本性如此，而是因為歷過喜悲喧囂，經過被滄桑淹沒的因緣聚散，於是從塵勞走入沉寂。

在京都周邊大大小小的鄉鎮，最平和蕭索的是冬日的大原。在巴士已入山但尚未抵達大原車站時，望眼而去，群山如界，圈圍住雪皚皚的田畦。天地一片白，如煙塵荒陌。

雪將落未落之時最冷。雪未落時大地封凍，天祁寒凓冽，人的意識也會有冰裂於絕境之感，錯以為時空頓時凝滯，茫茫渺渺回歸混沌洪荒，唯有神靈無邊駘蕩。然而，卻在某一瞬間，宇宙風雲湧動，時間的軸眼也開始緩慢流轉，六合八方漸疏漸朗，宏肆的玄靈之氣逐消逐退。雪，於焉，須臾而落。

和歌中在愛戀裡蒙傷的女子，在這荒陌之境，聽風從山林裡吹來，雲逡遊四方，看蔽天大雪飛降，庭間池冰如鏡。心中塵願於此境灑落，忽忽之憂患，隨著漶漫悠長的光陰，湔濯成了簡淨的風致。

大原之雪，落時杳然無聲，可是太過安靜就顯得通俗，所幸人間顛躓卻有情，風吹來，如鳳飛千舞瓔珞琳瑯。

二月尋梅

其實，不必尋的，京都二月是梅的季節，處處有梅。

到京都的第一天，在花見小路南側的一所古老禪寺外，乍見一株兩層樓高的樹，枝上無葉，卻開著離離蔚蔚的黃花。近眼細瞧，啊！是梅。原來梅花也有黃顏色的。此時也才發現冷冽的空氣中瀰漫著一股旖旎馥芬。是梅花香？我未聞過梅香，思忖懷疑著。湊鼻一嗅才證實，確實是古代詩人說的「暗香」。

為何稱「暗」？因為此香幽靜不揚厲，帶著一股曖曖婉曲。

說到京都梅花，就不能不提春色滿園的北野天滿宮。

北野天滿宮供奉日本學問之神菅原道真，因他愛梅，故整座神宮遍植梅樹。我到時巧逢花開見頃，宮殿庭園熙攘的賞花人潮。起初是三兩棵分立庭前，而後是排列錯綜的浩浩梅林。人啊，在這兒拍梅，在那兒自拍，摩肩擦踵絡繹不斷。突然一中年男士拿著專業相機鑽到我身側，非常專注地凝神拍攝眼前的那一枝紅梅。

到了天滿宮，才識梅花除了紅、白、黃，還有粉嫩如寒櫻的淺粉色，此外尚有單瓣、重瓣之別，種類之多令人驚嘆。在無樹葉佐證之下，判斷梅與櫻，就只能細從花瓣辨別，梅的花瓣是完美的圓弧，而櫻則是有著如齒般的裂痕。我在樹下怡賞繁麗如雨的花兒，就差點被一棵早綻的櫻胡矇了過去。

對我而言，梅花是陌生的。是照片裡色綺燦燦的花朵，是詩人穆如清風的雅句，咸是書中的倩影，碰觸不到的翩翩。

而北野天滿宮的梅，卻離人如此近，稍不經心就成了簪子別上了髮際，帶進紅塵。而且，她野，野得奔放，野得生命力十足，似是不修不剪任其連枝蔓生無罣礙地長，花朵也開得赫赫昭昭，恍若鋪天蓋地的一陣瀧瀧飛雨𪔹罩，就連梅香，也不「暗」了，而是「顛」，顛得無比狂妄。

正因為如此顛狂，就算人聲嘈雜，人跡迭沓，也擋不住石道邊牆垣畔汩汩漫漶而出的馠馠馡馡。

離開前，在廣場見一群中學生著藍色制服，摸完象徵智慧的石牛後笑容洋溢地在一株白梅前留影，拍完一張又一張，一聲聲「cheese」不絕於耳。又有一群由養老院帶出門的爺爺奶奶們齊聚一方，伴著梅樹攝像。拍完照後，能自行走的，三三兩兩相互扶持，難於行的就由工作人員推著輪椅，顫顫巍巍地一同緩步走進花開燦爛處。

以前文人總說梅是清逸是超拔。我倒覺得，梅，不一定要如閒雲野鶴孤芳自賞，她也可以有著入世的溫暖。

後來幾日，去了大覺寺、東福寺……，雖有梅，卻再也沒見過如天滿宮那般丰姿冶麗的梅花了。

法隆寺的銀杏

人們走過你的金秋，我卻記得你的綠夏。

宋代以前，人們叫你鴨腳樹。說你葉如鴨腳。

我仔細看著，哪裡像鴨腳？是扇呀！而且還是翠色的玉扇。

我們之間隔著一座長廊，長廊的左方，是埋著佛骨舍利的五重塔，長廊的右方，是堵白牆，牆上嵌著褐色木窗櫺。我就是透過那窗櫺看見你的。

夏日的樹，綠得太尋常，想招搖也招搖不起來，容易讓人錯過。唯有你，綠得出塵，似是帶著瀅瀅的水光。我說「瀅瀅」，是引起我注意你的，是你那經日陽折射，蕩漾而出的層層碧波。一般的綠葉反映不出那樣的淨澈，唯有你。

其實從大阪京都走來，我也曾見到與你一樣的樹種。你們是非常容易辨認的樹，心念執著而單一，枝枒只有一個方向，就是向上長，沒有旁枝雜蔓。但一路而來，它們有些在衢道蒙塵，有些雖在名所，卻長得太鋪張太揚厲，都不如你，你恬然於庭，悠然自得的綠著。

那種悠然，雋爽疏朗，清越迢遞，是比京都更古典的奈良之風。

你生根之地，是法隆寺僧眾的起居內院，非我等觀光客能恣意踏足。我想，你是否因為晝聽僧人於佛前吟經辯經，夜觀慧者凝神伏案寫經，從日至日，讓聖言智語拂過你的靈魂，於是成就了你今朝的從容閒雅？

我佇立於庭外，凝望你身上獨有的綠意，既孤單又豐盈，既燦亮又平靜。在我眼底，你是此間的唯一，全然不需奇花香草來陪襯，你即是穆穆雍雍的明澄氣象。

我們在這裡相遇，彼此遠遠相望。

也許，今生只有這一面之緣。

阿闍梨餅

在柏井壽《一個人的京都冬季遊》裡看到他特別介紹「阿闍梨餅」，我才知道，這點心因為他二〇〇三年的《京都的價值》而聲名大噪。

若要我說京都好吃的甜點，「阿闍梨餅」是其一。阿闍梨，梵語，出家人的意思。以一個托缽雲水僧戴的帽子為餅的形狀，簡單樸質。外皮淺褐色，裡頭包著是紅豆餡，難得的是，餡不甜。我尤喜歡那餅皮，很薄，但很好吃。

這餅的保存期限不長，只有三天左右，因此零星買幾個，就在當地吃完。第一次買的時候，並不知道它是馳名商家，吃過後覺得味道好，後來再去京都時，若有路過，一定會買。

「阿闍梨餅」本店在知恩寺附近，特別要說的是知恩「寺」，而不是八坂神社旁的知恩「院」，兩者距離差很多呢！大部分的觀光客不會去到那裡，但我印象中，JR伊勢丹地下樓，以及清水寺產寧坂那裡都有分號。

京都菓子店很多，對外地人來說，除了好不好吃外，保存期限也是必須考量的重點，有些菓子一到三天不等，有些卻超過半年一年。不知道是不是心理作用，總覺得只有幾天賞味期的甜品最好吃。「阿闍梨餅」就是這樣，另外還有一家在詩仙堂附近的中谷（店名）的羊羹也是。中谷的羊羹賞味期只有一星期，相較於其他長至一年期的知名大家，商場競爭力實在有點弱，但他們的羊羹卻是我吃過最好吃的。

旅途中，有些東西帶不回來，或是帶回來了，因時地轉移，或心境不同，好像也有沒那麼必要。

風雅

在書上讀到「掬水月在手」，不禁在這句上流連了一會兒。想起一件關於千利休的傳聞。

十六世紀時，年輕的千利休到織田信長府邸。織田信長好奇珍異寶，常有民眾持寶物器皿到他面前，希望獲得織田的金銀賞賜。

一日近晚，在織田會見一群持寶物的群眾時，千利休緩緩騎馬而至。門外侍衛說：「你怎麼這麼晚才來？」利休望著近晚靛藍天色，緩聲道：「還有時間，不急。」

進府邸後，輪到千利休進獻寶物時，他跪坐著自會客的大廳中挪移至廳旁的廊廡上，並從隨身布包裡取出深棕色的長形木匣。大廳裡的織田信長與諸位來客此時都很好奇地看著千利休。

利休將木盒放在近窗的廊邊，掀開蓋子，在盒中倒進一瓢清水。

賓客們一臉鄙夷嘀咕著：「你這算什麼寶物啊！」

不消一會兒，織田信長與眾人們看見木匣中，慢慢地浮現皎潔白影，蕩蕩漾漾在水裡浮氽著。

那是天上的明月。

利休安靜地等待著織田信長的反應。

此時讀到「掬水月在手」，與千利休這事頗有異曲同工之妙。

「風雅」這詞很難解釋，而我覺得，這就是風雅。

說京都咖啡店——INODA COFFEE

回台前一天，專程到二条松榮堂本店去買薰香（只有本店才有退稅）。就從二条走到三条巷裡INODA COFFEE。

這家咖啡館我在網路上看過介紹，剛好那日散步到附近，就走進去坐一會兒。鑒於之前在Smart Coffee被招待吸二手菸的經驗，一走進店裡就詢問服務人員是否有禁菸？還好，此處全室禁菸。

這家咖啡店占地深廣，外觀算低調，可是走進去之後才發現別有洞天。說實話，我見那豪華廳堂有點驚慌，內心甚為忐忑。服務員領座後，趕忙翻看食單，不是找咖啡，是找單價。

看這挑高的歐式宮廷風格的華麗裝潢，不禁掂了掂口袋深淺，哎呀！我吃不吃得起啊？可是都入座了，能厚臉皮的逃出去嗎？大不了就眼睛一閉，沒現金就刷卡吧！然後回台北後連吃一禮拜的泡麵⋯⋯

（君不見當時我內心為了這咖啡不知糾結了幾回呢！）

還好還好，感謝這世間所有神明垂憐。一杯咖啡五〇〇円，一份輕食套餐大約八〇〇－一五〇〇円。像我這麼勤儉（其實是窮）的當然就是點最便宜的套餐。

這富麗大氣的咖啡店，一二樓都有座位。階梯寬大有一迴旋彎，鋪著紅地毯，樓梯口一邊站著一位美麗端莊的服務人員，另一邊的花架上有束貴氣十足的牡丹花。那華麗堂皇的感覺就是當時若從樓上走下來某國皇室的王子王妃，也不會讓人感到意外就是了。

我不大敢四處胡亂看（真不知在卑微什麼勁呀！），只知道旁邊一圓桌坐著五六位著深色西裝的男性上班族，我的另一側靠庭院落地窗旁坐著一桌雍容華貴約六十多歲的婦人，有的著和服，有的穿洋服，不二風格，均富貴感十足啊！

不看了不看了，愈看愈辛酸。

總之餐點新鮮好吃，咖啡略苦不酸，但心很酸。

思忖，下次再來，一定要身穿洋裝腳蹬高跟鞋，假裝優雅高貴地走進來。

鴨川食堂

京都作家柏井壽有本小說《鴨川食堂》，寫一個食物偵探社幫委託人尋找記憶中的味道。每則主題不同，故事簡短溫馨。沒有什麼戲劇起伏，說的無非就是每日都可遇見的尋常生活事。小說不厚，文字淺白，閒散讀，大約兩小時可以看完吧！

鴨川食堂不在鴨川沿岸，小說設定的地點是東本願寺前的正面通。但實際上那裡沒有食堂，而是個停車場。

這本小說也有改編成日劇，電視劇裡食堂建築外貌很明顯的可以看出是布景，沿街而來的諸多佛珠佛像店卻是真實的景況。

我對食物本身沒有很大的熱情，卻總會眷懷著與誰同食的席間氣氛，那片刻共處，有可能會是一生中反覆湧現的記憶。

這本小說寫的，其實就是這種依戀，食物不見得多特別多好吃，讓人緬懷的是透過食物這個媒介，所保留的情感。

近年台灣出了柏井壽的京都四季，分春夏秋冬四輯，裡面有些觀點很得我心（是觀點，不是景點）。對於書中寫到的餐廳部分，我是直接跳過不看的。

都說了，我對吃不大有熱情。

豐田愛山堂

從櫥櫃中取出外出服穿上，又繫了條圍巾出門，沿途一直聞到一股典雅清麗的味道。我知道，那是衣服薰染了放在櫥櫃裡香包的氣味。

那香包是在京都豐田愛山堂買的。豐田愛山堂位於近八坂神社的祇園商店街上，距離聞名遐邇的茶寮都路里本店只有幾步路。愛山堂同松榮堂一樣，在京都都是數百年的製香老舖，香品皆佳，若以價格來說，愛山堂的售價較親民。

我在那裡買過幾只香包，買回來後分置於衣櫃各處。常常取出衣物就會聞到一股雅致香氣，疏疏淡淡的，似有若無。

關於愛山堂，日本作家木村衣有子曾提到：（非原文，文意大致如下）

「她備有各種味道的線香，只有一種，總捨不得它焚燒殆盡，那是豐田愛山堂的線香——『富貴』。富貴是有錢人，有社會地位的意思，但這款線香氣味遠比其他名稱更內斂、低調。」

每一個人對富貴的見解不同，一家三百年的老香舖，用「內斂與低調」來詮釋「富貴」，讓我感到欽佩。我也有一盒「富貴」線香，確實如木村衣有子說的，比任何一款都還要低調。那香味不敷張宣厲、不誇詡炫耀，自有自的簡約風雅。也因為如此，我對愛山堂的香品，總帶著敬意。

多年來早已不使用香水，就只眷戀這木質屬的香料。而今日一路上聞著衣襟上邈邈遠遠卻又縈縈繚繞的幽香，不免惹人思緒蹁躚。

小雪

我記得她叫「小雪」。

見到她時我正坐在往京都車站的巴士上。她在千本通的某站上車，獨自一個人，揹著正紅色的小學生書包，頭上戴著小學生圓帽。上車後看到我斜前方有空位，舉止從容地走來坐下。那是一張孩子的面孔，有著北方蒙古種的特徵，面部扁平，單眼皮，眼睛小而長，微微上揚，像丹鳳眼，薄嘴唇，膚色偏深。

我怎麼知道她叫小雪？大概是書包上或是制服上的名牌吧！

那是冬季，穿著深藍色小學制服的小雪看起來有一股超齡的氣質，嫻靜不毛躁，悄然地坐著，有靜和安穩之姿，面容篤定平和。就一般的眼光來看，她其實並不漂亮，但那端莊，我從不曾在小孩的身上見過。雖未見她說話，想必談吐風度亦雅，所有的一切在她身上著落的恰到好處。看得我著了迷。

她早我前幾站下車，按鈴後一樣舒緩地起身，小小的身子揹著紅色書包堅毅地從我眼前走去，投錢下車。

後來幾年，我到京都若經過那段路程，常會想起小雪。心裡祝願著，希望她未來的人生，不論遇到甚麼事，都能如當年那般優雅安然地走下去。

京都短箋

◎詩仙堂

弘一法師說：最好聽的聲音是木魚。

我想起京都詩仙堂庭園裡的「僧都」。

「僧都」，讀souzu，即竹筒引水發出聲音。那是利用槓桿原理，援引泉水注入斜約四五度角，進出口僅有一方的竹筒中。當水盛滿時，竹筒因受重而使原本朝上的那方反轉成了低處，並倒出積水，然後竹筒旋即恢復原狀，又因返回的速度甚快，以至於竹筒撞擊石塊時發出一聲響亮的「咚」。

每次發出這「咚」的聲響，間隔的時間頗為一致，很有規則。

據傳，江戶時期建造此屋並隱居於此的石川丈山老人非常喜愛聽這「僧都」。

去冬我在詩仙堂中的書室乍聽這百花塢傳來的添水聲，恍惚間竟有寂靜中聽木魚之感。

詩仙堂除紅葉季外，常是清澈靜寧。正因天地一片闃然，迴盪在庭園間的「僧都」也就顯得格外有味。

◎寂光

京都有「常寂光寺」與「寂光院」，前者在嵐山，後者在大原。這兩座寺院都是賞楓名所，但我喜歡這兩地，卻不是因為紅葉，而是名稱中的「寂」字。

有離群索居的獨立與疏古的蒼秀。管他春花爛漫、夏綠酣暢、秋葉冶豔，或是冬日零落，這寺廟別院自有自的姿態，是看盡人間聚散的透悟與孑然。

「常寂」——

也許落盡繁華，安於本色，才會真正看見「寂光」。

◎鞍馬

裹著厚厚的冬衣，圈著圍巾，在雪地裡踩著一步一履的緩緩足跡。山裡氣象萬變，時而晴日朗朗，時而天陰雪落。落雪時，我沒打傘，任那白雪飄下，也許落在地上，還諸天地，如果落到身上，那雪氣恍如旅伴，隨我悠行山間，也是一份相隨的緣分。

在鞍馬，我第一次聽見雪的聲音，聽見飛雪來前，天地風雲發出的轟轟聲響。聽見那風動雲湧的十秒，我的等待。

◎寶泉院

在廊下，望北山山景。

細雪無聲紛落，烏鴉阿阿飛過。

庭園僅五葉松有綠意，梅與櫻皆單枝無葉，石燈籠上積雪如帽。

身旁兩個韓國姑娘，安靜地坐了許久。

旅人往來頻頻，能坐滿一刻鐘的寥寥無幾。

◎法隆寺

在奈良法隆寺遇見一位年紀很大的日籍中文導遊。

他說：「日本的神社與佛寺建築，大多用黑、紅、白、青四色，是源自中國文化中的玄武、朱雀、白虎、青龍。」

經他一說，不禁恍然大悟，是啊！就是這四種顏色，以前怎麼沒有發現這兩者的關聯呢？

◎香鋪

松榮堂的薰香，不論命以何名，都有著一點甜，似是幽婉嫵媚的步步嬌，繁複迭沓又不失醇雅。

豐田愛山堂的薰香，是能登九重的端正中和，絲毫不露眼底心事與袖袂風情。

這兩間香鋪，我皆喜，但尤愛前者。

◎茶寮都路里

二〇〇六年我第一次到京都，早晨從清水寺沿著二年坂、寧寧之道散步。經過一家甜品店買了一支三〇〇円的抹茶霜淇淋。

那時天氣很冷，可能也是因為太早，店裡沒客人。我心想只是買霜淇淋這種低消費，就不便到室內坐。我詢問了店員能否坐在戶外座位吃完再離開。那店員客氣地請我坐下，然後從室內拿了電暖器到我身邊，又倒了杯熱茶放在我面前的桌上。我在近五度的低溫裡，努力地吃完霜淇淋，吃到剩下甜筒餅乾時，那店員又端來一杯蒸騰裊裊熱氣的茶水，替換掉桌上那杯我還沒喝，卻已經冷卻的茶。

她的貼心與細緻，讓我感動。

我當時並不知道這是一家名店。那次的旅行只是想去哪裡就去哪裡，隨意而至，竟也隨處皆景。

後來我看照片才知道這是京都有名的甜品店——「茶寮都路里」。據說位在祇園的本店，日日門庭若市。

◎二軒茶屋聽閒話

本來要到洛匠吃蕨餅，到店門口才發現是店休日，悵然走回，只好去嚐嚐八坂神社南門外二軒茶屋的甜點。

這家店網路評價不錯，是旁邊中村屋懷石料理的附屬茶屋。用餐空間小而雅。我們旁邊坐了兩桌大陸人士，大人小孩大約有八到十人。大概是上海人，聽他們聊天的內容說的都是上海風情與人事，還有說了一下東亞近代史。喝茶嗑閒話嘛，歷史都拿出來說了。突然有個男士說到了咱家鄉台灣，我的耳朵像貓一樣豎了起來，不久聽見他接著說：

「台灣就是日本的山寨版，來過日本就不會想去台灣了。」

「是啊是啊！」旁有人附議。

這話說得有趣，似乎有那麼一點點道理，但又好像哪裡怪怪的。

要說山寨，沒有哪個地方比得上京都了，簡直就是唐代長安洛陽城的復刻版。

◎聽經

清少納言在《枕草子》說：「誦經，要誦不斷經。」指的是僧侶晝夜不斷地誦讀經文。

流連京都時，我喜歡聽僧侶讀經，其中以永觀堂最流麗紆曲。雖只有一刻鐘，卻有如靜水由上而下蜿蜒流過，泠泠盈耳清澈秀朗。

而東本願寺誦經聲調中規中矩，一如它屹立在市中心，嚴嚴整整宏大而四平八穩的建築。如果用味道形容，大概就是沉香之屬。

這兩間寺院，都是淨土宗，但誦經方式卻很不同。

在京都聽經得算準時間去，可能只有一刻鐘或半小時，並不像清少納言說的：「誦不斷經。」

差旅一瞥

◎灰與紅——北京

這城，是灰色的。灰撲撲的瞧不見天色。

那天早上搭計程車經過南鑼古巷，街上行人寥寥，一改前日傍晚的人聲鼎沸。

都說要進紫禁城看看，而一堵悠長的紅色宮牆隔開了兩個世界。去的那天只開放到中午十二點，又碰巧是人大開會，幾條馬路都封閉了起來。公安在各路口站崗，表情陰沉，像北京的天。繞了好遠的一段路，好不容易終於走到了午門，卻已停止售票。

無處可去，只好去王府井，買了一支長長的冰糖葫蘆。

當天晚上的班機，回台北。

趟了一趟北京，我終究還是沒進紫禁城。

◎過場——上海徐匯區

那位就讀上海音樂學院二十歲的大男孩帶著我穿越小徑巷堂。我隨著他的腳步快速地行過一條條石板小路，一棟棟石造洋樓與弄堂民居。

掛著衣裳的竹竿大大招搖地在陽台外隨風颱盪，紅的綠的藍的各色花花的衣服在頭頂閃爍著人間珠璣。巷裡路人寂寂，偶遇一兩人或行路緩緩，或推著自行車走著，誰也不干涉誰。

在這巷弄，我想停下來仔細看看，但我停不下來。那男孩對這一帶太熟悉，他走得飛快，左拐右彎，我也飛快地掠過屋前閒坐的老人，淺望建築上的浮雕紋飾。我想多記得一些，但那男孩的腳步聲不時提醒著我跟上。

終於，他領我到一個像是市集的大街，那裡有幾家文具店，我當時要找膠帶，各色的舞台定位膠帶，工作上急著要用。逛了幾家，沒有找到。最後潦草買了其實不甚合用的膠帶。

我卻對來這大街前的窄巷仄弄眷戀依依。
我多麼想記住那疾步行過的弄堂風景。

瀋陽冷嗎？

「萬里長城萬里長，長城外面是故鄉，高粱肥、大豆香……」

我曾在秋日的瀋陽想起這首民謠，那時嘴裡正含著一口香濃的豆漿。

是的，當我想起這首歌謠時，我在長城外，也意識到自己確實在東北。初到桃仙機場，接機的老師指著前方的路說：「從這裡往東去就會到鴨綠江了，再過去就是北韓。」

北韓！我心惶惶然，如此陌生如此驚詫，如車窗外秋日十月零度的氣溫。

我心裡倒是時時叨念著，這裡是《停車暫借問》女主角趙寧靜的故鄉。

接待的老師姓呂，東北人，是位年約六十歲溫文爾雅的大學教授。他剛換車，據說就在我們抵達的前一日才交的新車，是輛德國歐寶的休旅車。我們到瀋陽當日天有點陰，似乎才下過雨。路上泥濘難行，再怎麼小心謹慎鞋底還是沾了些濕土。一坐上車子，我再三道歉，因為將新車的踏墊給弄髒了。我們樂團此行九人，到瀋陽大學演出，呂老師委請了三個學校職員含他共四個人四輛車來接機。

呂老師在車上問我：「瀋陽冷不冷？」我說：「還好，不過真得比上海冷多了。」（此時我們剛從上海過來）。當時先到市區裡的一家樂器行讓團員們挑選樂器。這樂器行的老闆是呂老師的學生，贊助隔天晚上音樂會所需要的大型樂器。我初到瀋陽處處新鮮，同呂老師下車後在街上行走時，瞧見路邊的水果攤上擺出層層疊疊黃澄澄的碩大柿子，每一顆都比我的拳頭大許多。我不禁說：「哇！好大的柿子，好吃嗎？」呂老師笑說：「這個好吃。要不要試試？」我搖頭：「不了，下回有機會再說。」畢竟銜了公務，行程很緊湊，實在無法輕鬆隨興。

晚上那樂器行老闆招待我們在一家豪華的西餐廳為我們接風。那餐廳在百貨公司內，餐廳的裝潢非常現代新穎，牆面與吊飾主要以暗紫色、白色交相錯雜，風格有點像現在常說的「低調奢華」。從這裝潢略可臆測此處的餐價不菲，可能還挺「華麗」的。我向來害怕接風餞行這種一群大人物褒揚來褒揚去的酬酢場合，刻意坐到邊桌角落。

吃完飯後，呂老師送我們回旅館，到旅館時跟我說：「等一下，有東西要給大家。」接著我看見他從後車廂取出五個塑膠袋，裡面各裝著三四顆柿子。就是我傍晚在路邊看到，隨口問的那種碩大澄亮的柿子。我一驚趕緊說：「哎呀，老師我隨口說的，您別放在心上才是。」並向呂老師致謝。心裡萬分自責，我下午真是太失禮了。老師揮揮手回我：「沒事沒事，讓大家吃吃瀋陽的柿子。」

其實除了那五袋柿子之外，下午我們進旅館放行李時，他已經備妥了蘋果、梨子等水果了，也是一房一袋。此時又拿了柿子，讓我心裡更加過意不去。

因我是樂團的行政窗口，來瀋陽之前呂老師曾問：「第二天早上要去哪裡走走？瀋陽故宮，還是努爾哈赤陵寢（清福陵）？」我因自己私心喜愛努爾哈赤，就說了要去那兒。隔天吃完早餐，老師在旅館與我們碰面時再次問我：「瀋陽冷不冷？」此時我回答：「好冷啊！而且我早上六點多還到街上踅了一圈，那時整個人都快變成冰棍了。」老師聽了呵呵笑，一面同意的說：「是啊！這季節就清晨時最冷。」說完不久就差人開來了三部車載我們去郊遊，又屢屢交代細微瑣事。我一直到抵達清福陵之後才知道那兒離瀋陽市區真遠，大概超過一小時的路程吧！逛完福陵已經中午了，隨行的職員載我們到鄉野餐廳吃農家菜。這餐廳讓人感覺新奇，它範圍很廣，就像一座小型的農村一樣。我們被分配在半山的一間屋子，這是間樸實無華有著大地色澤的草堂，以茅草為頂，以黃土為牆，屋外尚有鞦韆、水甕、木架、燈籠等器具。屋裡有一桌一炕，牆上沒有裝飾，就像一般尋常住家。一間屋子僅招待一組客人，我們初次在炕上蜷縮著腿吃飯，雖然有些彆扭倒也覺得新鮮有趣。

說到這農家菜，看起來粗枝大葉但真是太合我們的脾胃了。有豆腐、有豆漿、有玉米窩窩頭、有菜有肉有豆子，一盆盆一盤盤目不暇給，好吃好看極了。老實說，剛上豆漿時，我瞧眾人臉色微變，本來嘻笑滿室的，一時間噤了聲，大概心想：豆漿不是應該是早餐吃的嗎？但是，後來發現那豆漿真是味美香醇，一壺不夠，還多添了好幾壺呢。同行的當地人跟我們說：「東北產黃豆，所以這豆漿是特產。」

當時我嘴裡正含著豆漿，驀然想起以前學過的民謠：「高粱肥，大豆香……」。是啊，東北就應當是這個樣子，有黃豆有高粱，有包穀有長豆，還有趙寧靜的故事。相較之下昨晚那令人正襟危坐的豪華西餐就相對遜色了許多。

帶我們遊玩的三位男職員話不多，常常是他們走在前，我們跟在後，可是他們又像後腦杓長了眼睛耳朵似的，總能時時照顧到我們的需要。到福陵時搶先去購票，又安排導覽，我們想喝咖啡時專程載我們到星巴克。到星巴克我們瞧那價位並不便宜，私下討論別讓他們破費，可是他們卻執意一定要幫我們買單……。總之，一路上將我們照顧得穩穩當當妥妥貼貼。

下午在瀋大遇見呂老師時，我一臉真摯地為中午的農家菜大大讚賞一番。他有些訝異：「原來你們喜歡這個啊！昨天我們安排時還擔心你們不愛吃呢！」後來又一副怕我說應酬話再三問我：「真的嗎？真的嗎？」無論我說得如何誠懇，他都很謙虛地說：「那個（農家菜）其實是我們以前小時候常吃的東西……。」

當天晚上是音樂會，十月底的瀋陽其實已經冷到零度了，到了晚上颳起的風更是侵人入骨，雖然在室內，也讓人忍不住打哆嗦。主辦單位很貼心地幫我們這群南方來的遠客每一人都準備了暖手的湯婆子，休息室裡的熱茶熱水小點心也都供應無虞，以便我們隨時補充熱量。

短短兩三天的時間，都說東北人性情豪爽大而化之，但那幾天的相處與被照顧，方才明白，原來大而化之不是輕忽不在意，個性豪爽也不是粗心隨興。東北人的細緻與熱情，是幽幽微微的隱藏在深處，真誠不張揚。

隔日早上離開瀋陽時，心想也許這輩子不會再到東北，不會再到瀋陽，甚至不會再遇見這些人了，不禁泛起一陣離情惆悵。臨行前我向他們告別，轉身之後兀自頻頻回顧，總希望能將彼此真心相待的回憶收拾妥當一分不差地放進心裡。

呂老師那句：「瀋陽冷嗎？」還在腦裡迴盪。

冷嗎？一點也不，我認識的瀋陽，是溫熱的，就像我離去時眼角淚水的溫度。

初遇鴨梨

到一座城市旅行，若遇到街市，我一定會進去走走。每走一回熱鬧繁華的市集，都讓我有盛世太平，人間富饒的感覺。

那日經過北角春秧街，看見水果攤上賣著天津鴨梨，不貴，四顆拳頭大小的梨大約港幣十二元。

這鴨梨，我第一次見到，好吸引我，過了一攤又一攤，我躊躇猶豫著要不要買。

不敢買，是不知道好不好吃，因為之前曾有過一回錯買的經驗——多年前曾在杭州街上買過梨，不知品種也不是當地出產的，姑且稱它為「杭州外來梨」，回旅館咬了一口後發覺不甜且皮澀肉如蠟，嚼之無味，棄之可惜……那顏色似乎與鴨梨一般，只是形狀微有不同。

可是這鴨梨的名字又讓我眷眷戀戀，好像非要嚐嚐不可。當下很清楚，我是因為它的「名字」而想要吃，並不是外觀。

總是有原因，在記憶裡一定有哪個「點」，讓我曾與「鴨梨」這名字交集過？以致我戀之切切。

一路上我將腦海裡的記憶翻啊翻，倒啊倒，找啊找的，突然靈光乍現，「鴨梨」這名字好樣曾在鍾曉陽《停車暫借問》的小說中出現。印象中出現這水果的時候，女主角趙寧靜還是十八歲的東北小姑娘，那時正是她人生中最璀璨純真的太平年月……

哎呀！就梨嘛，哪來那麼多的情感牽扯？

最後，我還是挑了四個鴨梨，放進背包裡。

當晚，洗了梨吃，味道清甜淡雅，像細緻潔白的梨花。

唉！我又想起了趙寧靜。

二、那些人、那些事

山居歲月

那水，順著蜿蜒的山勢，汨汨流動，映著山色，亮晃出碧青的色澤。遠處一棵不知名的樹，枝葉直梗梗地垂落及地，彷彿又是一個生了根的生命。倏忽間，眼前飛過一隻鷺，像一只燦亮的銀簪子，畫過廣闊的天際。

起風了，落葉翻揚，舞出彩蝶紛紛，歇在髮間、跌在塵土。水聲盈盈，山色鬱鬱。拾階而上，腳踩進了一片蕨苔叢生的綠蕪，這是天地初啟的澄明，朝夕相伴的不是心思忖量，而是霪霪春霏、滂滂夏霖、靄靄秋露、漫漫冬雨，與霽後的霎霎山光。

我原是從城市走來，彷彿穿越一個冗長的隧道，隧道的那頭，是熙攘榮華，這頭是寧謐清靜，沉澱的不只煙硝繁瑣，還有曾經的情感嘈雜。我優遊在這山間，像一個長久居住於此的精靈。葵葉上昨夜的露水未晞，透著陽光，折射出七彩斑斕，像一幅意外的景致。

前方那間矗著煙囪的屋房，是我的居處。往屋子右側的小徑走去，有一座紅漆的吊橋，通往更深的山裡。橋搭得很堅固，我曾在橋上昂首闊步，感覺一種懸空搖晃的驚奇，走到橋的中央，俯瞰溪水潺潺、仰望浩浩穹蒼，一股被天地擁抱的溫暖，油然生起。偶爾，山裡的原住民騎車經過，呼嘯一聲，喚醒萬籟沉寂。

推開門扉，攜進一身山氣草香。在山間居住的歲月，我常處於一種微醺的境地。迎著日出月落的光影，像是篩漏進來的時光。屋外的一簇野薑，開得比朝霞璀璨。聆聽長風吹過山林的聲音，潤濕的土壤揚不起塵，飄來陣陣土馨，不似花芬濃郁，卻是大地的味道。

更多的時間，我是在屋子裡照顧行動不便的姥姥。姥姥教我用薑花煮湯、如何到山裡採野茼蒿，以及告訴我每週三近中午時，會有人挑日用什貨來賣。姥姥平日嗜飲用金銀花、杭菊、雞蛋花、葛花、木棉這五種花熬煮的茶，她要我記清楚每種花的份量，還有需加多少水。一回，屋裡因為杭菊不夠，所以放少了，姥姥啜了一口，指著那壺茶，直說少了一個味，我一聽，心裡惶惶的，卻又佩服姥姥老饕似的利嘴。此後，我烹茶時，甚至拿著藥材店用的小秤，小心翼翼地算計著兩數。我常笑稱，姥姥的身上有股花香氣。姥姥聽了，總露出淺淺的微笑，宛若少女。

　　我習慣在早上提著衣服到溪邊浣滌，水畔的石頭因長時間的翻滾，已失了稜角，顯得圓潤厚實，將衣衫放在上頭用肥皂搓揉，一點也不覺扎手。揉洗完後，手拎著衣服上端，將它浸到水中，順著溪流，讓整件衫衣舒展開來，印在襟上的花色，在水裡時浮時沉，乍看之下，像一片盛開的紫薇。我任由飛濺的水花濡濕頸頰，在皮膚上凝聚成水滴，然後像珍珠一般，墜落入河，從我眼前奔流遠逝。那一刻，我驚覺這淨澈的流水，曾真真實實地保留過我身上的溫度，於是對著冷冷溪流，感覺竟似親人。洗淨衣服之後，手抱著衣籃，沿著山徑緩緩舞踊，溪水在我身後淙淙作響，而我迎著山風揚聲歌唱。姥姥戲謔：「還沒見妳進門，就先聽見妳唱歌的聲音，山神都被妳吵醒了。」我聽了也只是伸伸舌頭，然後在院子裡晾好衣裳。

在山間一段時日後，才明白姥姥為何執意要在此處終老。那段日子，我們在星光下眠寐，在水聲中醒寤，淡泊且平凡，心裡卻又感到如此豐盈。我驚訝於這樣的日子竟也可以如此的地朗天清。有時我凝神注視著姥姥，她已不能言語，然而，當她傾耳聆聽水聲時的神采，常使我動容。我知道，那水，走進了姥姥的記憶。

第一次感覺姥姥的離開，是姥姥過世後的一個月。舅舅們將姥姥安葬在屋外的空地，與外祖父的墳塚並列，並且要我回到城裡找份工作或是再念書。我環視著曾經漫著花香氣的屋宇，手輕撫著空蕩的櫥櫃，癱倚在姥姥常坐的藤椅上。

「木棉要二兩、金銀花有祛溼作用，看天候如何再酌放，還有，杭菊要比其他的多三兩……」

「薑花的根要先切掉再洗，採菜時手要抓著根部再拔。」

「姥姥啊，這衣服破了，我幫妳補補。」

山野間流水洄洄作響，樹林裡的蟬鳴依舊嘹亮，庭院內木槿也豔麗如昔。

姥姥，在此落了地。伴著沿階蔓生的酢醬草。

頓時，溫熱的淚水從生命底層漫泛而出，像泱泱浮水溢過浦津渡口。

多年以後，我途經香港，在街上的涼茶舖喝到一碗五花茶。溫熱的茶汁隨著舌尖緩緩淌入喉頭，胸臆間突然升起一陣乍遇親人的狂喜。

那夜，在異地的床榻，一縷清溪，湧入了我的夢。

那水，流過山間的日夕晨昏，還有我在濛濛霧中赤腳踩踏的足趾……

笛

笛聲委婉的像藏在髮間的眷戀，縷縷繾綣，卻又聽得見歎息似的。一曲姑蘇行，行過江南水澤蕩漾。十五年前學的曲子，教笛的老師說：「氣要足，吐吶要勻，音色才會悠美。」可是如今吹來卻牽牽絆絆的。

仍是雨天，從黑夜下到清晨，沒有風。早春的木柵猶透著冷意，緋寒櫻卻開得灼人雙眼。

從前，我住的地方沒有櫻花，只有木麻黃與林投。父親曾用林投的葉子削去邊緣的尖刺，做成細管狀，我就著口就能吹出聲音，雖然沒有音階抑揚，卻是我的第一管笛。

「笛聲不能關在房子裡，要在遼闊的天地間才聽得見悠長清遠。」

在家裡吹笛，音符在水泥壁間相互撞擊，回音打擾了竹笛的清朗圓潤，心也煩亂了起來。煩亂，大概也是因為雨，前兩日撐著傘緩步走過學校校園，驚蟄未到，春雷已響，騰騰雨勢，打落了春天綻開的花蕊，桃紅色的櫻花，躺在地面，像一具具著好妝容的早夭女子，看得讓人驚心。

春天，應當是涓涓弱水安恬的季節，可是人事的艱難卻如滂沱大雨驀驀而至，淋亂了芳草芊綿的悠悠大地。

姑蘇行，一首我喜愛的曲子，彷彿行過水湄的玲瓏剔淨，沒有人世間的紛亂顛躓。

潺湲，是似水般瑩瑩瀲灩的閬闊姑蘇；急嘈，是在雨中彳亍不前一無所成的而立之年。

笛聲迭迭盪盪的，一吐一吶之間洩露了太多心事。

我真的聽到了歎息，不是笛，是我自己。

雷

二月十七日夜裡，寒流正南下，今年的第一聲春雷已迫不及待地悶悶轟響。我裹得緊嚴嚴地站在落地窗前，突然想起那群長年失訊的朋友。

那年，我們在東港外海的小島上，晚自習後相約到岸邊。一群人沿著堤防坐成一列，力竭聲嘶地對著台灣海峽宣洩著聯考壓力的苦悶，然後傾耳靜候從浩翰穹蒼中擲回的一聲聲年少輕狂。

一群人的笑語鈴噹似的作響，伴著濤濤海潮，碰撞出滿天星斗照映著青春無畏的容顏。

那真的是一段閃亮的日子。

那時，我們剛唸國中。因為你們，我才分得出漲潮與退潮，也因為你們，我才嚐到生長在潮間帶的蚌類，並且知道它有個不甚好聽的名字，叫「土鬼」（閩南語發音）。

國中畢業後，我們都離開了那座小島，為著各自的未來努力。畢業時我曾很篤定認真的在大家的紀念冊上寫著：「前程似錦」。當時天真地以為，迎接我們的應當是繽紛粲亮恍若織錦般的前程。

數年後，我在往東港的客運上遇見同學昱青，那天大概是遇到假期，乘客很多，我們沒有位置坐，就站著說話，向來靦腆的他不知道為什麼那天格外地健談，朗朗地說著他的近況及對生活的規劃，還帶著很本土的台灣國語，惹得我發笑。

又隔了幾年，昱青在工作時觸電身亡。據說，沒等送到醫院。消息傳來那天，南台灣的太陽白熾得讓人睜不開眼，只覺暈眩。

那一年，我們才二十二歲，我的理想猶懸在天際，而大海，卻已經先藏起了他的夢想。

一起在堤防上面對大海呼喊的朋友，我已記不全所有人的名字，只記得那日海潮擊岸的隆隆聲，像今夜驟響的春雷。

我望著前方的指南山，冷風從窗隙竄進，不覺地緊一緊衣襟。
噯，昱青，別忘了，你也同我們一樣，三十歲了。

荷

幾年前的一個晚上，接到霞打來的電話，她一開口便說：「也沒什麼事，只是突然想起妳。」

我們約好了一起泡湯。霞到新營車站載我，然後車子一路直驅關仔嶺。我們相識了十年，這十年來，我們相處的日子比分開的日子短得多，可是這份感情卻一直保留了下來。

那時正當炎炎盛夏，夜裡途經白河，她說，這一路都是荷花。我往窗外探去，外面一片漆黑，我看不見團簇的荷花，更看不到接連的阡陌。前方的水圳，霞說，她小時候曾在這水圳洗衣，洗完衣服就沿著兩旁的荷花池走路回家，花開時，撲鼻滿溢的荷香，是她的童年。

我曾在杭州西湖畔看到一大片的生意潤澤的荷花叢。那日因為天陰，遠處群山靉靉靆靆，映得湖面氤氤氳氳。那時總認為西湖上的荷長得好，湖畔，綠柳襲人；湖中，紅蓮綻放，是婠嫿嫻靜的獨特靈氣，屬於中國南方的柔媚細緻。然而，我見過這樣美麗的江南水荷，卻猶不知荷的香氣。

在我說出不知道荷花有香味時，霞突然狡黠的笑：「我們偷採一枝荷回去。」

那夜，我初識荷芬的清新淡雅，同時也感受到深濃的友情。

霞那時剛和交往十多年的男友分手，從十八歲到二十九歲。一段感情走過生命中最璀璨光華的年輕歲月，她卻談得灑脫爽然。

今年年初，接獲霞的婚訊，藕色的喜帖，散發著愛情的甜美。

而逝去的光陰，或許溫婉典麗宛若西湖水蓮，卻也雲淡風輕恰似白河荷香。

在嚴冷的冬季，面對著我們甫入三十的年華，彼此期許著「要幸福啊！」

今生緣

那個機場如今只剩下一棟一層樓高廢棄的航站，四四方方低低矮矮的白色建築，在廣袤的平地中格外顯眼。大雨過後，整片荒地一窪窪的水光漫漫，野草綿延青青，遠遠望去像一片沼澤。

我就是從這裡到這座島上的。

一般老人的記憶都愈來愈混沌，但近百歲的爺爺又精準地說出我的舊曆生日，以及我出生十二天奶奶就抱我從台北搭機回小琉球這些事時，我是訝異的。

我估算了一下，我回家那天應是臘月二十五、二十六其中一天。是家家戶戶送舊迎春的日子。那時再怎麼清貧的家境，年節時也要過出一片日光灼灼的現世華麗。

而我生命中第一個春節就是在家裡跟爺爺奶奶過的，那時還未滿月呢。

搭飛機這件事從小我就常聽家人說，不知為甚麼，如今想起覺得格外傷感。

當年中山高未通車，鐵路也尚未電氣化，選擇搭飛機，想是為避免帶著新生嬰孩路途折騰。而爺爺只是基層的小學教員，微薄的薪水要養家，日子其實艱苦，想必這樣一趟的交通費也是一番衡量算計。

那年這條航線才剛啟用，然而自我稍大有記憶以來，這座機場已是一片空曠荒涼。尤其夜裡無燈，又地處偏遠無村落人家，闃寂無聲。

這樣的一座已經荒廢的機場，我卻是從那裡回家的。

對奶奶我已經沒有印象，連她的形象聲音都不記得，唯一烙印在腦裡的是她在照片上的樣子。她在我四歲時病故。爺爺總說：「她抱妳回來的時候還身體勇勇，怎麼沒有幾年就走了……」

後來家人告訴我，奶奶走的時候，我在院子裡玩。

我是她這一生中餵養的最後一個孩子，也是我輩的唯一，雖然只有四年。

她離開的那年，小姑姑與小叔叔都還在讀中學。

而我四歲愚騃，怎懂得生離死別？

我卻一直不願記得「我在玩」這件事，可是總也忘不了。它像心裡的一方霾靄，陰翳黯黯。

多年以後，兩岸開放，近六十歲的大姑姑從廈門來台，我第一次見到她時，短捲髮尖下巴，頎長削瘦的身材，心裡恍恍一動：「好像奶奶。」

我不知道為什麼會有這種感覺，大概是奶奶離世時，也是大姑姑這年紀。

總是聽說奶奶手藝好，善理家，會做饅頭包子，還有許多菜餚。小姑姑常說，以前奶奶做的苦瓜封很好吃……

當我逐漸長大，開始有記憶後，就記得爺爺。我算是被他養大了。

高中時，我離開那小島在高雄上學，住在學校宿舍。大約一個月回家一兩趟。那時他已經七十多歲了。每次我要離開時，他都騎車載我到碼頭搭船，然後在岸邊看我上船。有一回，剛好碰到颱風過後海象不佳，客船沒有行駛，我在家裡多待了一天。他擔心我課業跟不上，翌日一早就去打聽船班是否如常。

我功課並不好，對讀書也興致缺缺，其實想在家多待幾天，不想回去學校。他在電話裡打聽到當天只有貨船航行，問妥時間，立即決定要我搭貨船過去。

我不明白他的堅持，心裡有點埋怨：客船不開就是風浪大，為什麼還要我搭船？

但他無視於我的情緒，一如往常載我到碼頭，卻意外發現有艘客輪要開往東港，於是我就搭了那船。我買好票，他戴著帽子高大略駝的身影叮嚀著：「到學校要打電話回家，不論多晚都要打。」然後倚著機車，看著我走向渡船。

每回走那一小段路，我總是頻頻回望，看著他孤單的身影，捨不得離開。

有些話我是說不出口的，比方說：「別擔心，我會好好的」之類的。

某日在學校，有我的掛號招領，是爺爺寄來的現金袋，裡面三千元，還有一張字條，寫道：「看妳衣櫃裡的衣服都舊了，去買幾件新衣服。」

我讀著信，心惻惻泫然欲泣。我不覺得我的衣裳舊啊！他其實不用為我多花這些錢的。

我又大了一些，某年夏天我回家，他為我洗了竹蓆，說：「將蓆子放在大埕上晞。」他用了「晞」字。我那時想，他年輕時一定讀過〈蒹葭〉。

於是我問他，以前在哪裡讀的中學？

他說：「廈門集美。」

當時我只知其音，不知如何寫。上網查，用同音字搜尋到了「集美」。心裡悅悅洋洋，好像觸及到他的青春歲月。

我又問了他喜歡甚麼樣的人。他說：「溫和善良的。」

我總是想知道多一點，關於我所陌生的他的年少。

有一年我到上海復旦大學參加活動，他知道後跟我說：「復旦大學在他讀書時就很有名……」說完後陷入一段我走不進去的沉默。

爺爺沒有讀大學，不知他當年可有想過到上海讀書？我只知道他在二十多歲就到台灣屏東，然後教了大半輩子的書。

我掇拾我們共同的記憶，以及他鮮少提及的過去，勾勒一幅關於他的人間圖景。

奶奶離世的早，我對她的印象都是聽來的，如在雲霧裡，見不到碰不著，昧暗昏晦，可是爺爺卻如瓔珞燦爛朗明。而他是耄齡老人了，髮蒼蒼，皮皺皺，身形佝僂漸消萎，卻總記得某月某日我的生日……。

那年當飛機緩速從天際降落在島上的小機場上，奶奶抱著襁褓中的我，不知我是否哭泣了，但初見我的他，必定滿懷喜悅。

我們今生的緣分，就是從那裡寫起。

芒果

小時候我並沒有在住家附近的小學就讀，而是跨學區到爺爺任教的學校讀書。爺爺退休後，我上下學都要走二十分鐘的路。從我家到學校會經過一個上坡，有天中午（那時學校不供餐，中午得回家吃飯），在那個上坡處遇見一位婆婆用扁擔擔著兩個鉛桶，桶裡裝滿剛從樹上摘下的芒果。我看著饞，問她賣不賣，我只買一顆。她放下擔子挑了一個較熟的給我，收我五元或十元，我也忘了。說「較熟」，其實也是不熟的，只是果核已變硬，果肉已變黃罷了。

我吃芒果是不忌生熟，青文文或將熟而未熟（果肉已呈淡黃，吃起來還是生脆），或是香氣已經飽盈的熟軟，我都來者不拒。洗了外皮，何需用刀，直接就口咬了就吃，非常原始而豪氣。也因此年紀很小時就能分辨土芒果生食非常酸，蘋果芒生食較好吃。這兩種芒果是我們鄉下常見品種。

好幾次吃完芒果，隨手將果核埋在土裡，謹慎地覆上土，心裡盼著也許它會發芽，長成一棵芒果樹。然後每年夏天就有結實累累，多到吃不完的芒果。只是那時貪戀於玩樂，還不懂得關心一顆種子的下落，沒幾天也就忘了。

我後來在城市裡向人說芒果可以生硬時就直接吃，口感非常清脆，聽的人總是一臉狐疑。一直問：「是芒果青嗎？醃過的……」

我突然想起，在家鄉會不會有一棵無主的芒果樹，是我當年埋下的果核？

甜

有一種甜，甜得滿滿全是心意。

在我國中時，有一次爺爺要出門探訪在台中的叔叔，問我，要帶什麼回來給我。我那陣子看了電視廣告，就跟他說：「我要妙卡榛果牛奶巧克力。」爺爺笑著點點頭說：「好、好。」

我住的漁村沒有這麼新穎的零食，而我只是想吃。

那時我對那巧克力裡的「榛果」這東西挺疑惑的，總猜著：那是一種水果嗎？不知嘗起來是甚麼味道？

我愛吃巧克力，那時常拿著爺爺給我的零用錢去雜貨店買巧克力球。一顆一塊錢，每一顆糖外面都有層薄薄的鋁箔紙，印著各色足球的圖案，有紅的、藍的、綠的……，再如何簡單的包裝也能吃出一份繽紛滋味。買了後就放在書桌抽屜中，讀書寫字時就剝一顆糖含著，悄悄的，不聲張。

幾天後，爺爺從台中回來，果真給我買了盒巧克力，而且還是我指定的那款。紫色的外殼，共放著十六顆心型的糖，每顆糖上頭都印有milk的英文草書。妙卡的名字，也是milk的音譯。

爺爺那時已經七十多歲了，我不知道他怎麼去超市買名字這麼憋腳的巧克力。總之，他真的就實現了我的願望，幫我買了回來。

我拆開了吃，也分爺爺吃，裡面有像碎杏仁的堅果，我想，也許那就是榛果。

那巧克力糖，很甜。我問爺爺好不好吃，他說：「好吃。」

還有一回讀高中時，有天放假回家，夜裡雖然有海風吹拂，天還是很熱，我突然想喝冰涼甜辣的可樂，心想爺爺也許不會喝吧！畢竟那東西傷胃。我還是禮貌地問他要不要喝，我出去買。

沒想到爺爺說好，他也要喝。他的回答讓我有些詫異。

於是我踏著夜色去買了兩罐回來，兩人就坐在客廳的椅子上喝完。至於那時聊了什麼我已經不記得了。

我只覺得，那瓶汽水，他是陪著我喝的，也許是不想讓我感覺孤單。

很多事情，我都是後來才逐漸明白的。

在他的庇護下，我從未感覺匱乏，心靈、物質皆然，不論日子過得是否艱難。

他是親人，我極親的人。

時光阡陌

天色將暮未暮，風幽幽地吹來，空氣中飄散著淡淡的海的味道。路邊銀合歡葉子呈羽狀分裂，藍紫色的牽牛花蜷縮了起來，一群黑色山羊緩緩地過馬路。

鄰人拿來一尾魚，剛海釣上來的。爺爺拿給我，說：「晚上就煮魚湯吃啊！」

我拿著進廚房，從袋裡取出一看，啊！是一條還未處理過的魚。那時我正讀大學，回小琉球過暑假。我其實不擅庖廚，正確地說是除了吃飯拿碗拿筷，其實是不大進廚房。一尾魚，怎麼殺？大概就是去鱗除內臟吧！

我煮水切薑，將已經去鱗的整尾魚丟入滾水中。

吃晚飯時，爺爺看了一眼那鍋湯：「怎麼沒有去鰓？」

當時，我是連吃魚要去鰓的概念都沒有的。

屋前有一棵釋迦樹，樹上正結果，他摘了一個成熟的釋迦給我。家裡的母雞生了好多蛋，我要返北時，他裝滿一個大保鮮盒，讓我拿回去。

長夏日光炎炎，島上男人大多捕魚去了，鄰居一位不識字的老婦頂著烈日，拿封信請爺爺讀，我沒細看，似乎是鄉公所的公文。院子裡的雞群有些在樹蔭下歇涼，有些咕咕咕的四處走動。鄉間民屋，家徒四壁是有的，但一點也不窗明几淨。桌上零散堆著爐火茶具茶葉，報紙書籍，紛紛亂，卻也自成風格。

爺爺住的地方往海邊走，徑旁有幾畦田，大多種著芒果地瓜之類的耐旱作物。節日時長輩叔姑返鄉，我輩堂哥堂妹也一起回來，就尋一處休耕的荒田焢窯。大人蓋窯掘土，我等小孩搬土塊找樹枝。起窯要先用三塊紅磚為柱為椽，權充薪柴入口，再用田裡的土塊由大而小向後向上堆壘，成一座不大圓的高塔，在窯內燃著附近拾來的柴枝枯葉，當大面積的黃土顏色漸成絳紅，顯示溫度已熯熾，即可熄火，待星星火苗滅絕，迅速擲入番薯與抹上椒鹽裹上油紙的全雞，然後拿長棍「啪啪啪」地將窯土敲碎，蓋住所有食材，又緊緊嚴嚴地覆上細碎泥土，不許土窯冒出煙霧，以維持溫度，整個過程大家默契十足的各司其職。而後拍拍身上灰土，回家喝茶嗑閒話。大約兩個小時後，一夥人浩浩蕩蕩去田裡取出食物。因為泥土還很燙，無法徒手，只能用竹竿或樹枝慢慢掘開土，動作要細，因為一不小心就會劃傷食物。不消一會兒，泥土融合地瓜還有雞肉的香味撲鼻而來，饞得人也顧不得髒，直接坐在田間阡陌大快朵頤，吃剩的才笑顏盈盈地帶回家。這是家族盛事，也是歡樂佳事。

再往下走去，是奶奶的墳。在面朝大海的崖上，山崖下磊磊的珊瑚礁，不論黑夜或白天，總能聽見海潮擊岸的聲音。

小學時，下學後不想回家又無處可去，就往那墓區走去，我其實不大明白為甚麼會走到那裡，沿著一個個土饅頭找奶奶的墳，找到了就無比安心。坐在墓前往前望去，是蔚藍的天，蔚藍的海。不覺得怕，只覺得親。那時還不知道什麼是「思念」。奶奶在我四歲時過世，據說我四歲前與她最是近暱。說「據說」，是因為我已不復記憶。

那個地區名喚「相思埔」。

這些過往，這些曾經，像是經文旁忘了鐫刻注疏，忘了溫度晴雨，忘了細節轉折，忘了情緒蹀躞，忘了人情滯泥，長大以後甚至刻意將它拋得很遠很遠，當成是散佚的殘卷。城市裡的生活讓人致力於逐名逐利追尋未來錦夢，逐漸懵了身後風景。

我是六年沒有回來了，這座小島，人多了，商店也多了。爺爺已至台中依親，相識的人也大多離開。但這島嶼卻從孤涼成淵藪，從莽蒼成茜明。滿街機車往來頻仍，民宿開了三百家。有人在岸上照相，有人到海邊浮潛，有人在店裡吃冰，有人從便利店出來，有人正搭船要到島上來……，人們彗星似的來來又去去。

而我錯失了它這六年的轉變。

騎車往那當初與爺爺吃魚的三合院行去，荊門晝掩，周圍雜草蔓生，牖間窗台滿佈塵埃，四周一片綠蕪，杳無人跡。多年前爺爺在此處養豬餵雞，豬圈旁有棵高大的蓮霧樹，不分季節長年結著白色蓮霧，蓮霧不甜也就無人採摘，任其墜碎一地。而樹上的花是香的，飄散著青澀微甜的香氣。

如今樹已斲，只剩主幹露出一圈圈的年輪淺埋在水泥地中。曾經的葳蕤繁麗，成了煙塵殘影。

故鄉的意義，就好像一個人到遠方旅行，旅行了很久，遇見了很多人，突然有天，他開始想念那個他居住多年的地方。他霎時明白了，不論離開多遠多久，不論彼此改變有多宏巨，全世界也就那個地方與他是至親，兩者互不推諉，互不相棄。

家族已四散，奶奶依然安睡在面朝大海處。時光如阡陌，在荒田裡發呆。海上的風，呼呼而來，從往昔吹到今日，不曾歇止。

渡口

一艘渡船，你從岸邊躍跳上船，遞了錢給擺渡人，找了個位置坐下。船上僅有五人，擺渡人撐篙讓船離岸，渡乘者到對岸。河面波紋浮蕩，天色猶清，明淨疏闊，沿岸水田漠漠，青青不盡。

你剛從廈門鬧街走來，朋友留你：「在廈門再住一晚吧！」

那年你二十多歲，那朋友是你讀書時相識的，身形與你相當，都是高壯青年，也是志趣相投的好友。那天你們一同走過廈門街道，一同吃飯喝茶，一同聊著戰時的困頓。聊著聊著意猶未盡，朋友邀你再留一天。可是那天你不知怎麼的，心裡突突跌沓，很不踏實，直覺家裡有事需趕回去。你婉拒：「不了，我今天得回家。」

那個下午，街上人群紛雜，布商茶販，鬻日常什物的叫賣聲此起彼落，食肆偶爾還傳出嗆人的氣味，這種種氣息彷彿猶在耳邊鼻際迴繞著。朋友送你到渡口，小徑旁阡陌間稻苗偃仰，日子尋常到讓人忘了細撫那日紋理。

你在岸上握著朋友的手：「走了，再聯繫。」

朋友也笑容燦燦地與你道別。

渡船悠悠晃晃，風颳碧水輕搖輕盪，身旁有小孩哭鬧，婦人取出一小塊紅糖軟語哄他。不一會兒，在集美靠岸了，你疾步回家。

當天近傍晚時，街坊一陣吵雜，沿路紛紛傳著：「日本空襲廈門了……日本空襲廈門了……」

你腦裡轟然一響，倉皇起身，跑到街口遙望廈門方向，鵠立呆滯許久。

翌日，集美街上湧進逃難的人群，有老有少有小。有一個落單的男孩，他茫然失措地撞到你，你拉住他的肩膀，問：「你的家人呢？」他說：「沒有了，我只能跟著別人走。」你悽惻黯然。

幾年後，你與妻子相繼渡海來台，有了我父親，然後有了我。在七十多年後跟我說起：

「那天之後，我沒再有那個朋友的消息……」

你話語漸息，眼睛冥濛。當時你全然不知，那個渡口，那執手相握道別的剎那，那上船的一躍，竟是生與死的相隔。

窗外的雨下著，潮氣不知從哪裡來的，全湧進屋裡……

饅頭夾紅糖

小學三年級時，爺爺從小學教職退休，在住家院子養雞養豬。每天早晨，爺爺固定到附近的軍營載餿水。一週大約會有一、兩天，營區伙房的阿兵哥會將當天早上吃剩的白饅頭裝成一袋，讓爺爺帶回去。

爺爺回家之後，總會拿起一個饅頭扳開，夾進一大匙的紅糖，騎車拿到學校給我。

我很期待那每週兩天，咬起來喀滋喀滋、吃起來甜絲甜絲的早上點心。

從親人們的口中得知，我在台北出生後十二天，奶奶便將我帶回小琉球撫養，一直照顧到我四歲，她病逝。那時我年紀太小，她過世時，我還不懂人間的聚散無常與死別的沉痛哀傷。

也許是因為自嬰孩時就跟爺爺奶奶住，爺爺待我的感情不同一般，總是對我特別照顧、特別關心。大約我五歲時，父母返回小島謀生，我雖和他們一起生活，卻有著情感上的陌生疏離，再加上我並不是一個聰明伶俐可以向外人炫耀的孩子。一時的自卑感作祟，我成了一個沉默而陰鬱的人。

爺爺的心思細膩，我曾在老家看過他寫的手札。從那記錄的事件與文字，不難觀察出他的性情與思想脈絡。他敏感而多疑，總是擔心自己的一個善意造成別人的誤解；後來年紀漸老，也深恐因自己的老病衰而遭兒媳嫌棄，以致不想麻煩他人，到了八十多歲還堅持獨居。倘若別人有一點言語上的輕慢疏忽，他總是難過自責，久久無法平復。

記得小時候，爺爺還沒從學校退休，我放學後等他下班一起回家時，總會坐在他的位置上研墨，然後拿起他使用的毛筆，在報紙上寫字，像畫符一樣隨便寫。我還記得那時爺爺教我握筆寫字，尚未出嫁的姑姑教我ㄅㄆㄇㄈ九九乘法。有天傍晚和爺爺在學校操場散步，他牽著我的手緩緩地走著，天邊橙紅的晚霞映在爺爺的臉上，我抬頭嘟嘴跟他說：「我的名字好難寫喔！」

爺爺頓了頓，說：「那將妳的名字改成『含笑』好不好？」

我笑著扭捏撒嬌：「好像不大好耶！」

長大之後才知道，「含笑」是一種很美麗的香花。那花啊！也是我奶奶生前喜愛的……

後來，我到外地讀書，一得空就回小琉球看爺爺，並陪他住上幾天。在我心裡總是覺得，只要有他在的地方，就是我的家。

爺爺不是那種詩書滿腹的讀書人，他只是讀過書，然後在小學教書的退休教員。我們爺孫倆都愛看金庸小說，有時會聊小說中的名詞與人物，說光明頂、說張無忌跟趙敏、說滄海一聲笑的笑傲江湖。他總是很有興趣地聽我說。有時我們也聊唐詩古文，他告訴我：「唐詩寫了太多生命境遇，太沉重，年輕人不宜讀」，還有寒食節介之推的典故……彷彿宇宙萬物天地玄黃，都可以拿來泡茶嚼舌。那時南方的小島晴空朗麗，薰風習習，耳際猶會傳來滔滔海潮擊岸的轟轟聲響。在月圓月缺潮漲潮落的相伴之下，歲月如此平凡而無憂、如此尋常而靜好。

時序流轉，數年光陰一晃而過，我逐漸堅強而爺爺逐漸衰老。大約是碩二那年，我有篇文章刊登在某報副刊。當時已八十多歲的爺爺說：他那天騎著車去島上唯一的一家便利商店買那份報紙。

我聽完，想像著他騎車時的孤單身影，頓時滾滾淚水潸然跌落。

近年，年逾九十的爺爺移居台中與叔嬸同住，而我定居台北。記得上回去看他時，他憂心忡忡地望著我：「總是看妳一個人來來去去，真捨不得……」

我笑容粲然地拍著他因蒼老而乾瘦的手回答：「我很好，別擔心。」

畢竟，我不再是那個怯懦而憂鬱的人了！

我不知道爺爺還記不記得他曾用饅頭夾紅糖餵養過我。但我總是不只一次地揣想，多年前，他曾在一個簡陋的三合院廚房，拿起白黃灰灰的老麵饅頭，夾進滿滿的紅糖，用乾淨的紙張仔細包裹起來，然後獨自拿到學校遞給我。那身影與心意，讓我感覺到人世間平凡而富足的——愛。

那夜，我尋找著

我在新光三越地下樓吃完晚飯出來，沿著西門路一直往南走。夜黑無星，街上只有三兩店家亮著燈，那時大約八點多吧。經過水果攤，燈亮得猥瑣，一點也不清明，果蠅在蘋果鳳梨上嚶嚶嗡嗡地飛著，空氣瀰漫著水果熟透發酵的味道。本想買點回民宿吃，但架上大多是一袋數個多少錢，而零售的都幾近殘敗，我看著不喜，就離開了。

那日我簽了一個合約，從今往後，我不用再向台南市政府繳稅。我不知道自己還會不會再來，再走這一段路。這段路十多年前常經過，多是騎車搭公車，我從沒有「走」過。那天吃完飯出來，回民宿也只有公車三四站距離，尷尷尬尬的，搭車嫌近，看著時候還早，於是選擇散步回去。

我走過健康路，以前這路口是肯德基，現在當然沒有了，再往南走，到了大成國中附近。我四處張望了一下，記得這裡有個巷子進去，是一座國宅，我一位朋友就住這兒，與母親長姊同住。我記得那建築的外牆是白色的，還有個挺洋派的陽台。

我走得很慢，那一小段路來回往返兩三次，希望能找到那個曾經很熟悉的巷弄。

我那朋友姓沈，我們都叫他小沈，是我當時的同事。

有一年因為職務異動，經常要到嘉義台南周邊市鎮出差，若剛好他也要到附近，就會搭他開的公司車一同前往，也因此逐漸熟稔。他膚色黝黑，身材壯實，個性很隨和，我從未看過他跟別人起衝突。臉上總帶著笑，是那種笑得憨憨厚厚，沒有心眼的笑。我那時獨居的地方與他家距離只有幾分鐘的路程，他知道我老家很遠，不常回去，若遇到節日，比方說端午中秋冬至，或是他家裡正備料吃火鍋的時候，就會打電話來叫我去他家吃飯。那幾年還真常去他家吃白食。

他姊姊與媽媽都是很善良很單純的人。姊姊不化妝抹粉，衣著簡單樸質，但喜歡買瓷器。有次在他們家，小沈指著客廳玻璃櫃：「妳看她瘋不瘋，一個杯子一千多塊，她每個月每個月買，也沒看她用，錢很多的樣子……」那是居禮名店的月份杯，從一月到十二月各出一款圖案的骨瓷杯。有一天他媽媽小聲地偷偷問我：「小沈有沒有女朋友？」（她跟著我們都叫她兒子「小沈」）我說，應該沒有吧！

他那陣子喜歡公司裡的一位同事，那女孩面容秀麗個子嬌小，口齒伶俐很是聰明。他每週都送那女孩一大束花，是黃色的玫瑰，只有玫瑰，沒有其他裝飾的花卉，如此持續了將近半年。起初同事們並不知道那花是誰送的，紛紛猜測，曾懷疑是他，但他矢口否認，還非常堅定地跟我說：「如果是我送的，妳會不知道嗎？」

直到有一天，那女孩要訂婚了，對象是她的青梅竹馬。女孩訂婚那天，我們一群同事都去了，小沈也去了，只是他一反平日的笑容，那餐飯他吃得有些懨懨萎萎。事後我覺得蹊蹺，又回想先前與他聊天的內容，特別是聊到那女孩的，才捕捉到一點蛛絲馬跡，那花確實是他送的。他曾跟我說過一件同事間都不知道的事——那女孩喜歡黃玫瑰。

不過這件事，我僅私下忖度，並沒有當面問他。

後來我離職，也離開了那城市。那時太年輕，以為離開只是逗號，留著尾巴的，卻不知匆促間畫下的是個句號。記憶從此隔了一座山岳，我們也從此斷了聯繫。

台南的夜，沉得特別早，九點方過街道就已蕭索。路上機車零星呼嘯而過，騎樓有人抽菸，還未打烊的商家已露疲態，而天兀自黑著。

我在那一小段街坊徘徊著，卻依然找不到十多年前的那個巷口，還有那棟漆著白色外牆的建築。

故人

三月時，我打了電話給你，說要到你住的山腳下開會，順道去拜訪。

你聽見我的聲音，猶疑了一下，隨後很熱絡卻又客氣地說：「好啊！歡迎。」

我從城裡搭了公車到你說的「菁山」下車，你與你的妻衣履樸素，齊在下車處等我。你向妻介紹我：「我大學的哥兒們，好朋友，很多年沒見了。」

前幾日下過大雨，山間小徑殘有雨漬，沿階酢醬草蔓生，開了紫色的小花。你們領我穿過幾棵梅樹。此時樹已抽出嫩葉，枝上有纍纍青果。我說：「是梅子啊！」你的妻：「是啊，今年長得不錯。後園更多，等等去看看。」

進到屋裡，你的妹妹出來雙手遞了杯茶，隆重且笨拙地跟我打了聲招呼：「有客人來了，是哥哥的朋友。」

你對我笑了笑，那個笑裡，有我們的心照不宣。

坐著話閒，客廳角落擺了農作機具，我聽見內室傳來不絕的咳嗽聲，萎萎癟癟的，想是你父。你的妻大概覺不好意思，提議：「今天天氣好，你們去園裡走走吧！」又跟你說：「到果園順便把黑炭放出來跑一跑。」你轉頭笑著跟我說：「黑炭是一隻狗。」

我們沿著屋後的小路，一路走到山坳，那裡種了一整片的梅樹，還有楊梅，都已結了果實。你說，你的妻總是年年擔心收成，後來只好在鄰近馬路的自家地蓋了間屋子，隔了幾間房，租給附近的大學生，貼補家用。

說起你與妻的相識，那年你母親過世後，返回家鄉後親戚介紹的，是鄰鎮的女孩，家裡清簡，明白尋常人理家之苦。你到她工作的地方看她，覺得賢淑能幹，符合家中的期望，雖然書讀得不多，不過很快地就結了婚。

我向來對這樣的媒妁之言嗤之以鼻，覺得將愛情與婚姻看得太輕巧。

我說了我台南的房子，前些日子代書來了個電話，說房子將要過戶給買方。接到電話時，我突然湧起一陣哀傷，雖然這哀傷讓我覺得矯情，畢竟那房子荒廢這麼多年。可是每想起在台南的那段歲月，那間屋子曾經坐著兩千多個自己，將濃烈的青春坐淡坐老，將每一個單獨的日子過成月月年年，將喜怒憂悲過成了一段記憶。你曾在那間屋子裡跟我說：「活得開心點吧！別再寫那些頹喪的文字了……」

我望向遠山，耳聽蟲鳴唧唧，鳥叫啁啾，還有黑炭繞著林樹的窣窣聲響。鼻裡嗅著空氣中潮濕的土味、甜雅花香與綠葉清芬。這樣的山域，美得讓人憧憬。不禁覺得，你在這裡真是與世隔絕啊！而我向你訴說的，彷彿都是凡塵俗務，人間無明。

你說你在網路上看見我寫的文章，拿給妻看時說：「這人，我認識。」

你怎麼說我呢？說我的時候，你的心情是水光瀲灩，還是荒涼蕭索？

我但願是前者。

你說，風起的時候，千葉鳴歌，那遍野的綠，不再是純粹的綠，成了斑斕光影。喔！還有山櫻，二月的時候，好像約好似的，一夜之間全然齊放，放眼望去，一片緋緋紅霧，美麗極了。

你的語調好熱烈，但這熱烈的情緒驀然消寂，默靜了半晌，慢悠悠地：「妳知道我離不開這裡，我有個臥病老父與弱智的妹妹要我照顧，那是個重荷，就算外面世界再熱鬧絢麗，我還是得回來。而妳不一樣，妳會走自己的路，就像妳現在走的就是我無法參與的。」

「還喝咖啡嗎？」我問。

「還是在山裡只喝茶？」

你點點頭：「想起某些事的時候。比方說想起期末考時，妳老是說要喝咖啡提神，結果喝完之後就趴在圖書館桌上呼呼大睡……」

你笑著斜睨著我，我突然羞赧了起來，手足無措。我看天光暗淡，思忖著也該告辭：

「幾點有車？我得下山了。還得趕回台北。」

那山區，一小時只有一班小巴，如果要上山或下山，就得抓緊時間。

「四點半，就快到了，我送你去站牌。」你看了看錶，也沒留客。

我們相偕走到方才我下車的地方，路過你家時，你朝虛掩的門扉處喊了一聲，你的妻洗手抹淨，從櫃子裡拿了一罐醃梅子給我，笑盈盈地說：「自己做的。」

我笑著收下。

不久後，遠方傳來公車爬坡的引擎聲，等待的時刻你沉默了，我也無話可說。公車停妥，「嘟」一聲門開啟，那瞬間，我竟然不知道要不要說「再見」。

我朝你笑著，舉步上車。

你揮了揮手。

什麼也沒說。

「嘟」一聲門又關上。我找了最後面的座位坐下，隔著車窗，回頭見你猶在原地目送，人影愈來愈遠，直到轉彎處，再也不見你了……

車聲隆隆，沿路蜿蜒而下。山嵐從四方八面奔湧而來，車行處一片迷霧茫茫。

該走的走了，留下來的是本命。

心裡突然好像有個地方空了，就像有風吹過，涼涼的。

一段緣分

接機前，我其實並沒有見過他們，雖然他們兩人的入台證是我去移民署辦的，但總還是擔憂著，證件照與實際日常的樣子會有落差。

我在接機處盯著螢幕，尋找著兩個大學生，一男一女。他們第一次到台灣，從瀋陽來參加音樂比賽。受他們指導教授所託，我來機場接他們到旅館。飛機沒有延誤，準時抵達，不到半小時就看見他們兩人一高一矮推著行李車，左張右望地慢慢走出來。我是一眼就認出來了，早先的擔憂是多慮的，那五官長相，完全就跟證件上的兩吋照片一模一樣。

我揮手向他們走過去，說我的名字。我們透過電子郵件通過幾次信，對彼此的名字都熟悉。而他們的信件，都是以那男孩為代表寫的。他們又自我介紹了一次，男孩叫李子晗，女孩叫江曌。我記得他們的老師寫信給我時，還細心註明了：「曌，讀『照』。」

子晗跟我說要先辦台灣的電話，請我帶他們到電話公司櫃檯。他拿到SIM卡插入手機後，先向他的老師打電話，說他們已經抵達，而且已有人來接，第二通才向家人報平安。

我們坐巴士到市區，車上沒什麼人，三人沿路聊天。子晗是東北人，身高約一米七，不胖不瘦。江曌是福建人，個子嬌小，有點怯怯的，說起話來聲音輕柔，很好聽，纖細的手腕上還戴個銀鐲子，晃盪盪的。兩人同是瀋陽音樂學院的學生。他們的班機從北京來，說前一天從瀋陽坐了整夜的車才到北京。起先我以為他們是情侶，後來江曌澄清，他們只是同門師兄妹。

車子下高速公路後，子晗問我：「台北冬天冷嗎？」他問我的時候是八月盛夏，我想起那年一月陰雨纏綿二十多天的記憶，毫不思索直接回答：「很冷。」他又問：「大約幾度？」我：「冷的時候八、九度吧！」

然後，他面無表情，很冷靜淡定地說：「我們那兒冬天都到零下十多度，最冷還有到零下二十度。」

我心底彷彿被馬踢了一下「鐙」了一聲，哎呀，忘了人家是從東北來的，我們這裡的八、九度，雖號稱寒流，與之相比，卻是小巫了。

到旅館放下行李後，已將近下午兩點，就帶他們到附近的一家韓式料理店。本想請他們吃飯，但他們十分堅持自行付帳。我回辦公室前留下手機號碼，跟他倆說：「這幾天在台灣有任何問題，打電話給我。」就留他們在西門町自行活動。

音樂比賽結束後一天，接到電話：「姐，我是子晗。妳知道要到哪裡買金門高粱酒嗎？」

我認真地想了一下，台北地圖在腦裡轉過了一回了，買酒這事還真不熟啊，不知道怎麼回答，末了只好告訴他：「機場免稅店有，要不你回程搭飛機的時候買吧。」

後來我發現，這回答並沒有幫到忙。

他們要離開台灣那天，我送他們到巴士站。我問子晗：「有買到高粱酒嗎？」子晗眼神機靈咧嘴笑著，拍拍他的行李箱：「有，都在裡邊呢！」

「有打包好嗎？」

「我包得嚴嚴實實的，捆了好幾層衣服。」

江曌默不言語，在一旁笑看著我們。

他們停留台灣一個禮拜，也沒麻煩我什麼事，就是問了個「何處買酒」的問題，連讓我送他們到機場都不願意。我在國光客運看他們上車，還叮囑著：「你們的班機在二航廈，記得到二航廈再下車。」

他們揮手向我道別。

隔兩天，我接到子晗的電郵，說他們已平安抵達瀋陽，一面謝謝我的照顧。

兩年後的冬天，我到瀋陽出差時遇見江曌，江曌還在音樂院讀研究所，她說：「李子晗畢業了，考到深圳交響樂團，到南方工作了。他女朋友也在那裡，可好著呢……」

看著江曌愈發成熟的談吐，知道他們都好，我心裡很歡喜。

不知為什麼，心裡一直惦記著——那年忘了問子晗，他買的高粱酒，可有「瓶」安抵達瀋陽？

一縷香

我想養一株梔子，一株有著白色重瓣花蕊的梔子。

今晨醒來不知為何，我突然想念梔子花香。在眾花喧嘩過後的初夏，氣溫漸升，大地卻突然安靜了起來。像繁華過後的寂寂，人們從追逐春花的雀躍，回到了默默日常。此時，我卻想起那一縷香，是年輕時鍾情的花香，潔白花朵伴著蒼翠綠葉，看似清冷幽靜，卻是甜意盈盈跌宕婉轉。

少時的我愛寫詩，其實也不是真的寫詩，就是愛看天地山川日月星辰，杜撰了一則又一則自以為美麗卻不真實的故事。耽溺於山風颯颯山嵐鬖鬞，鬱鬱青山中的我的愛情。

那年我住在山間，上課時常常路過一棵梔子樹，這樹野地裡自生自長，長得張揚狂妄。最初我並不知道那是梔子，只覺得是棵尋常的綠樹。一直到夏日時見那碧綠的群葉中綻放著白色重瓣花蕊，並散發素雅馨香，我才知道那是梔子。

那段寧靜時日，曾有一人將清麗的梔子花放在我的書上，為書頁裡的詩句增添香氣，也為那艱澀枯詞寫下灼灼注解，並用這芳馥花朵鋪敘一段恰似晨曦朝雲的青春情事。

然而，卻也在那個夏季，一場驟雨淋亂了山徑裡綻放的野梔。花黃萎了，人也散了。人情再如何綢繆繾綣，終究敵不過風雨的冷顏無情。花落後，那株山梔依舊挺挺高立，滿樹枝葉回歸綠意，而那凋零滿地的梔子花，卻在心底平添一段愁。

花市裡花販向我推銷九重葛，說：「這一棵兩種花色，有紅的，也有嫩白的。耐旱很好種……，才一百五十元，很划算。」只是我生來不愛九重葛，總覺得這植物瘦骨嶙峋花朵又太招搖太聒噪。

我想找一株梔子，一株在夏日開著皎皎繁花的梔子，彷彿找尋著那一段散佚多年的年少詩句。

歲月鬆鬆

「今天晚上只有妳一個人喔！自己住會不會怕？」溫柔的民宿女主人說。

在網路上找到這家背包客棧，選擇這裡是因為此處離我之前住過的屋子較近，就算沒有交通工具，也只有十分鐘的步程就能抵達。

離開這座城市十五年了，這些年沒有再回來過。曾住過的那間屋子就空在那裡，任其荒涼。

下榻的客棧是老屋改裝，一層樓的斜頂木造房子，有本質的樸素，不是刻意營造出來的氣氛。公共空間幾張黑色的沙發椅跟一張Ikea的白色小桌，擺得隨興卻不凌亂。

「廚房在這裡，洗手間在那，洗衣機可以用，洗衣粉在架子底下……」

民宿主人介紹了環境，將鑰匙交給我之後就離開。放妥了行李，我拿著鑰匙與隨身提袋就步行出門，不用地圖也能穿街越巷。有些地方闊別多年，再去時就算街景已改，甚至想不起路名里巷，基於本能，猶會記得方位。

愈近目的地，心愈忐忑，步履漸沉，殊不知再見時會是什麼模樣？而我又能為它做些什麼？

走進熟悉的巷弄，巷口的洗衣店還在，我沿著街拐彎走上某棟二樓。

取出鑰匙，打開一扇十多年沒有開啟的門扉。

一股久窒封悶的氣味襲來，與屋外的日陽形成一種不協調的對比，我開窗引入新鮮空氣，試圖沖淡屋內的陰翳。

這是一間沒人等待，被主人荒棄的屋子。

滿地烏黑塵土，啊，原來十年沒人灑掃可以積累如此厚重的塵埃。

靠牆的那張桌子，是別人不要而送我的，也是我年輕在此獨居時讀書寫字用的。一直以為這桌子很大，像四人餐桌那樣大，原來不過是放個電腦，幾本書就沒什餘裕空間。還有，總以為天花板再高些，應該要架梯子才換得到燈泡，原來也不過擺張椅子墊腳就能做到的事……

也許住在這裡的那幾年，將許多事都放大了？就像當年以為會在此城安居終老，卻不知世間遼闊，塵事難料。

屋裡的物品，彷彿就凍結在十多年前，我離開之後，沒有人來過，也沒有人再動過。桌上的筆記本、筆筒，櫃子裡的杯子，還有架上的書。

十多年前我讀些什麼書？一本紅樓夢、一套漫畫、數本散文小說，還有一冊叔本華。書本封面都已因光線照射而褪色，變成一種猥瑣昏曖的斑殘。

屋子很小，走幾步就是一圈，留下的日常什物都是瑣碎不重要的，沒有什麼特殊意義。

清掉吧！我沒有耽緬於物的情緒，就像此次回來，我也是不打算見熟人的。

隔壁屋的老伯伯似乎走了，住戶換成了幾個年輕人，照面時他們正在走道聊天。

走出舊屋，到暫居的民宿歇息。民宿裡只有我一位住客，花少少的錢住了一整間屋子，倒有些過意不去。前廳是木頭紗門，一框一框的木條漆了青綠色的油漆。晚間我在大廳上網，聽見院子有窸窣聲，以為是老鼠。除了蛇，我並不怕其他小昆蟲動物，所以也不覺驚怖。後來見一隻橘斑小貓，大約三四個月大，扶著紗窗鬼靈精怪地窺視在屋內打字的我，我抬起頭：「嗨，你好」。在這安靜寂然之處，遇見一隻小花貓，是讓人心悅的。

心裡慵倦時我願出去走走，像此刻到了一個對現居地來說的「他方」。唯獨不願與人交談。與人酬對費心費力，又擔心掛懷別人不懂，甚至是我今日與你說了如此如此，明朝我的想法變了，於是昨日的言談都成了過時的襤褸。我寧可與人說日常細瑣，說哪家餐館好，哪家賣場便宜，或是現在菜正貴，梨正甜……，但我不願與人談論自己，說自己的脆弱與傷痛，甚至說快樂時都讓人覺得在誇耀。言者無心聽者有意，翻轉出去又是一齣通俗劇，這樣的經驗我們都有，何苦招惹這些麻煩？

人事的轉折，或歡喜，或悲傷，或光耀，或羞赧，訴說時彷彿要再經歷一次過去。說得輕描淡寫，覺言不由衷，三言兩語，人生哪有那樣容易啊！說得太冗贅，又覺陷溺在憂緒中，耽於回憶無法往前行。生命總是千瘡百孔，磨礪凹凸，平鋪尋常的語言能說多少？或是該說多少？

當夜，我在闊別十多年的城市，沉沉睡去。

翌日得空去了孔廟。怪哉，以前在此城住這麼多年，似乎也沒走進來過。

進孔廟大殿要門票二十五元，我沒有進去，只在外面閩式建築區逡遊。秋日晴好，雲高天闊，書「全臺首學」的牌坊，端正在外，字體典麗。走進院落，四方嚴整，幾乎所有建物形式都是兩兩對稱，有「中和」之態。庭院盆栽也剪修得合宜規矩，沒有突兀的崢嶸，沒有驚異的美態，就是安全，像個沒有才氣也讓人罵不得的乖孩子。反倒是光影飛逸而下，瀟瀟灑灑，映得滿地的點點潑墨，明復明、暗復暗，悄然一瞥，那是目中無人的留白。

方覺孔廟最美的景，不是莊嚴廟堂、不是麗彩樑椽，而是忽而即來，倏而即去的「光陰」。

這南方小城，人們以「台灣的京都」稱之，其實除了較其他市鎮多了古蹟與歷史外，並沒有京都的細緻與雅麗，它是另一種風貌，屬於自己獨一的，不加修飾，是一種隨性平和的簡樸，不是精細的工筆。

曾在這城市住了好幾年，不覺得虱目魚粥、鱔魚麵好吃，倒是有幾家食肆想再去看看，彷彿溫習一段記憶。

國華街已不再是往常狹仄的街道，兩側林立了許多商家，就連屈臣氏也在此設了點。街角的零食攤還在，賣些蜜餞果乾之類的，以前我會在這裡買芒果乾，店老闆曾向我推銷玫瑰果，巷內賣廣東料理的羊城也還在，大馬路上就看得見店招指引。我眼裡瞧著，腳下行過這些商家，拐彎走進街上一家賣麵湯等小點的食店，識途老馬地點了一粒油亮的肉圓與一碗清爽的魚丸湯，六十元。十多年前我常在這裡就是這樣吃的，忘了是否有漲價。

印象中沿著國華街再往南走約十分鐘，有爿賣餃子酸辣湯的店家，食單只有這兩樣。夫妻兩人，一人桿麵做餃子皮，一人包餃子煮餃子。店裡亮白乾淨，兩人話不多，安安靜靜地各司其職恪守本分。每每下班騎車經過就去買來吃，十顆水餃一碗酸辣湯，尋常人家尋常食，吃得隨興安適。我想，我大概是從那時起愛上吃餃子的。

只是，那天的我，吃罷魚丸湯後就沒再往南走，也不知那店還在不在？

年華如水流逝，人也是聚散瞬息。情多了總是傷懷，甚至是晦澀的消沉，為避免這般頹唐，對事對人只好浮浮泛泛。情到深處情轉薄，想來也是如此。

惦記一個人，惦記一段記憶，惦記那光影下的燦然，惦記那風吹過樹杪俯仰的姿態，惦記著我的惦記。

我總記得那駸駸而過的歲月。

「晚上只有妳一個人喔！自己住會不會怕？」
很多年以前，也有人這樣問過我。
我總是一個人在這座城市。

月桃粽

端午將近，市場上攤販開始賣起乾栗、鹹蛋黃、花生、竹葉……。來台北近二十年了，大概是我鮮少在外走逛以致孤陋寡聞，我還沒見過用月桃葉包裹的粽子。

以前住小琉球，端午節前都會吃到同學、鄰居餽贈的肉粽，那是用月桃葉包的。當地人稱月桃葉為「肉粽葉仔」。我讀的小學旁邊就有一片月桃田，不大，大約二十平方公尺，那時放學後會與同學到那田裡玩耍，那月桃的身高，比我們都高都大。

後來我離開那海島，就一直想念那聞起來帶有一股微苦的清香味。那香氣，真讓人難忘。漁村人包粽子除了豬肉外，還會放魷魚、鹹魚，使用的長糯米是沒加醬油炒過的原色，滋味如海遼闊又兼有野氣。雖然同為南部，但已經不是所謂的「南部粽」可概括比擬的了。

月桃葉不似竹葉粗糙，據說拿來綁粽因過於滑膩，難度更高。我久居台北城南山腳下，每每經過山間、馬路旁，都會看到叢聚的月桃，尤其是五月節前，葉子總長得張揚浩繁引人遐思，還會綻放一串串團簇的白色花朵，看著這綠葉白花，心情也清爽了起來。但心裡總不禁地想，若可以割來包粽子該有多好啊！

台南的菜粽用的也是月桃葉，我因眷戀月桃的滋味，曾在網路上訂過某家名店，但吃過後，嫌那味道輕飄飄的像個不經世事的小姑娘，完全沒有江湖底氣，並不是很稱心。

心裡才想著月桃葉粽，數日前家鄉的朋友在電話裡說要寄自己綁的粽子來，我心喜接受。宅配送來時我因忙著其他事而沒細看，就直接放冰櫃凍藏。

這日蒸顆粽子吃，才發現那裹粽的葉子，竟是光滑燦然且帶著辛香氣的月桃，其中配料鹹魚魷魚依然沒少放，漁村鄉里氣猶存，突然有眾裡尋他千百度之感。

糖栗子

有一種食物，年少時沒有機會吃，後來格外嚮往，就像——糖栗子。

第一次看見炒栗子，是中學時在外婆家附近的夜市，那攤販位於人潮熙攘的路口，老闆是位瘦高的五十多歲人，兩手合力用大鏟子翻炒著鑊中沙粒，還不時發出嚓嚓聲，而褐色殼的栗子就埋在那黑麻麻的沙裡。每回走到那裡，都會多待一會兒，看那褐光金影在玄黑中時隱時現，還有聞那鑊中傳來的火炙香氣。推車上一張壓克力立牌，白底紅字寫著：「糖炒栗子，半斤一二〇元」。

我在那時識得這物，以及「糖炒栗子」四字，卻不知「糖」在哪裡？心裡真想嘗嘗那栗子，卻因價格不菲而作罷。每每經過，總痴痴地望了好一會兒，末了還是依依不捨地離開。

一直到我二十來歲，有一回到香港，大約晚上十點多，城市燈光已闌珊，我正要返回旅店，經過尖沙咀某個街角，一陣似曾相識的味道傳來，領我尋去。在燈火不及之處看見一個簡陋的流動攤販，一位約莫六七十歲的老伯伯賣力地鏟著大鑊中的黑沙與板栗，置物架上掛著瓦楞紙寫：「半磅＄十五」。我禁不住那香氣誘惑，雖然不餓，還是走過去買了半磅。那時剛過一九九七，港人還不大說普通話，我用手指著那寫了字的紙板，遞了十五元給他，那老伯會意，明白我不是本地人，也不會講廣東話，沉默地用牛皮紙袋秤了半磅的栗子給我。

袋裡的栗子熱呼呼，我頂著冷風捧在手上走回旅館。那是我第一次買一整袋的栗子給自己，也因為那栗子的溫度，相隔數十年依然記得那是一個在異地的冬夜。

那年，赤鱲角機場尚未啟用，文化中心旁的海岸也還沒有星光大道。是一個與現在相比更有地氣的香港。

一樣是異地，兩年前的秋天在北京的計程車上，開車的師傅非常健談，我從王府井搭到朝陽區，他一路喋喋不休，說了什麼我是當風吹過沒細聽，但當他說起他老家在某地（我聽不精確，也對當地不熟，沒記得住地名），種了幾十畝地的栗子，現在正是採收期呢！那栗子之多啊，是幾千斤……我突然專心了起來。幾千斤？我的腦袋無法運轉幾千斤栗子究竟是多少，只覺得彷彿鋪天蓋地的金金燦燦，全是栗子。

當時在北京的行程非常匆促，記憶有點恍惚，只記得城裡不見天日的茫茫霧海，工作中煩人的應對酬酢，還有就是那師傅說的栗子了。也只有後者，最讓我惦念。那時在車上，應該請他多說一些。比方說，栗子樹長在山裡還是平地？栗子樹有多高？長得像棗樹還是白楊樹？廣袤遍野的栗子樹又是怎樣的一幅景致？還有這麼多的栗子，怎麼採收？不知為什麼，栗子總牽動著我的心神。

多年前電視劇《人間四月天》裡，徐志摩過世後多年，洗淨鉛華的陸小曼有日在街上看見有人賣糖栗子，她踱了過去買了一斤，邊走邊剝起一顆栗子吃。突然間，她神情微變，腦中閃過了甚麼，停下腳步滯緩緩地抬頭望天，伸出手，掌心朝上，停了半晌。那一刻，她憶起多年前的冬日，與徐志摩一起買了栗子，買完栗子後不久，天空落下一陣飛雪，她就是這樣伸手盛雪。今昔對照，斯人已逝，翩躚思緒飛揚，糖栗子成了舊日歲月裡的一抹燦爛。那一幕，很蒼白，也很華麗。

昔時一輛推車，車上擺著煤爐大鑊小秤，找個路邊街角一停，就能做起生意的糖炒栗子，已成明日黃花，花功夫的傳統手藝是愈來愈儳頓了。如今街市夜市幾乎全是機器炒的栗子，賣栗子的也不再是老輩人，而是年輕的小哥辣妹。

大概是少年時眷念糖栗子在鍋中蒸騰的繁麗，後來不論在何處，只要看見炒栗子的傳統攤販，總會買一點。至於那從沒見過的「糖」啊，拜科技所賜，上網查了才知道其實與沙和在一起炒，藉由高溫，兩者相融為一，一同成就了栗子在人間的芬芳。

我曾做過這樣的夢

◎之一

我夢見賃居在一個不知名的城市，某日被同居的女室友騷擾，我驚慌地逃出屋子，倉皇之間只帶了手機。

我沿街漫走，試著打電話給房東，請他同我一起返回租屋處，至少拿個錢包之類的。當時我身無分文。可是房東說：天晚了，他不出門，明天再說。

我只好繼續走著，街邊的商店大多已打烊，不知走了多久，實在有點累，突然看見一間亮晃晃類似SUB WAY的餐廳，就走進去點了杯咖啡跟一包薯片。也不曉得夢裡的我怎麼了，我其實一點也不喜歡吃薯片。

吃完後，拿著帳單到櫃檯，負責結帳的是位金髮女郎，她看了帳單說：「一五〇〇元。」

我滿臉吃驚問：「究竟是甚麼東西？要一五〇〇元？」

她冷淡地回說：「菜單是美金計價，這裡是〇〇〇〇。」（她說了一個我在夢裡記不得，也沒聽過的地名）

我恍惚想起，我沒錢，打死我也付不出來。只好默默地將帳單拿回來說：「我等一下結，我再坐一會兒。」

回到座位上，我瘋狂地找手機裡的通訊錄，思考著在所有熟的與不熟的人當中，我可以向誰借錢解圍。

很不巧的是，我的手機這時故障了，不能撥電話，也不能上網，平常我怎麼摔怎麼撞，也沒見它唉過一聲，這次倒是壞得真澈底。

正當一籌莫展之時，咦！我看見了一個熟悉的身影推著玻璃門走進來。哎呀！是我哥哥，我趕緊迎過去，忝著臉無恥地說了我沒錢付帳。

他拿了我的帳單一面說：「吃甚麼呀！這樣貴。」

我：「咖啡跟薯片。」

他斜睨我一眼，「哼」了聲。

「我不知是美金計價，我數學不好嘛。」

在夢裡猶記得自己數學不好，也是很負責任了。

他付完帳之後，就不知又到哪裡去了。

我只好自己走出那家（黑）店，繼續往前走。

走著走著，走上了一座天橋，在天橋上遇見了我表弟。我這表弟工作體面，收入頗豐，看見我時說：「姐姐，那家咖啡店很有名，我們一起去。」他一手指著我方才剛走出來的那家店。

我連忙說：「要去你自己去，我才剛從那裡喝了杯一五〇〇元的咖啡，嚇死我了。」

就在此時，夢醒了。醒來後果真嚇出一身冷汗，也不知道後來有沒有拿回錢包。

◎之二

我在田埂處，望見土坡上有兩座建築，是清真寺，一座青色，一座白色。那種青，很特別，是像深海的藍，再加一點綠色，色澤是豐盈飽滿的。

我會認為它是清真寺，是因為看見宣禮塔。可是為什麼兩座寺院並立？看得出是同一時間築成的，建造得曄然宏麗。它們各有各的迴廊，彷彿還看得到水池。

我像是跟著一個旅行團到那裡，一個像印尼一般熱帶國家的村落。但行程似乎沒有要進那兩座清真寺。那穹頂高塔在日光照耀下熠熠生輝，我拿起手機拍照，卻也拍不好。同團的一位團友在我身後說：「我幫妳拍吧！」他舉起掛在胸前的高階相機，喀嚓一聲拍了一張，問我行不行？見我有些躑躅，大方地說：「要不然相機借妳，妳自己拍。」說著就將相機從頸上取下，遞給我時，我的手重重地沉了一下。

我不記得我拍了沒，那四周一片荒涼，田間幾棵香蕉樹，黃土小徑邊一間小雜貨店，賣些糖果飲料餅乾之類，很簡陋，屋頂還是用草鋪成的。看店的是一位二十多歲的小哥，臉圓圓黑黑的，眼睛大大的，會聽幾句中文。我指著外邊坡上的清真寺：「為什麼會有兩座？」他遲疑一下，似是思索，含混著不成句的中文。見我也懵，直接拿出桌上的iPad，搜尋了一下（那個搜尋引擎我沒見過，B開頭，頁面黑黑的）。後來他的iPad上出現一個人的照片，戴頭巾著白袍，就像回教國家會去參加兄弟會的上流人士裝扮。他指著這張照片說，就是因為他。

我問照片中人的名字，一面拿出隨身攜帶的筆記本，請他寫下。我想著，也許有人名，我就能找到這兩座清真寺的蛛絲馬跡。就在他拿筆要寫下時，夢就醒了。

醒來後，我還記得那兩座清真寺的模樣，漂亮極了。

日常速寫

◎薄荷莓果蘇打

那個幫我結帳的年輕女孩，膚色白皙，五官清秀，臉頰透著淺淺的酡紅，是個美人。她看著我的帳單說：「這個得分兩筆結，因為一筆有服務費，一筆沒有。」

我說：「沒關係，妳不覺得麻煩就好。」

她看起來像剛從學校畢業，書卷氣還在臉上。不知是新手還是緊張，我遞信用卡給她後，她刷了好幾次都沒刷過。我在旁看著她慌亂地操作著機器，又瞄到信用卡的磁條是向上朝外，才明白她其實一直沒刷到卡號。我提醒一下：「磁條的方向錯了。」她乍聽時懵懂，後來拿起卡片一看，才知道我在說什麼，又將卡片轉了個方向，才結帳成功。她怯怯地將卡片與發票簽單遞給我，沒有抬頭看我。

我點了一杯薄荷莓果蘇打，我在飲料單上看見這品名，直覺自己喝過，卻想不起來在哪裡喝的。飲料送來時，色澤很漂亮，跟記憶裡的一樣，底層為深紫，然後顏色從絳紅、玫紅、粉紅……，到最上一層為透明的蘇打水，蘇打水上浮氽著藍莓與三四片翠綠的薄荷葉。顏色有層次，喝起來味道也分明。初時是伴隨著薄荷氣味的無糖蘇打水，然後加進一點點甜，又然後再加進更多的甜，喝到杯底時，不是水了，是醬，濃稠的，有些膩。我想將旁邊水杯裡的水倒一點進去，但也只是想想而已。最後那一點，我沒有喝完。

這家店我第一次來，一直到現在我還是沒有想起，我曾在哪裡喝過這莓果蘇打？

突然覺得那是一個遺失的記憶。

◎書衣

在國際書展買書，某出版社送了一張書衣，就是一大張紙摺了幾折，可以包著書，當書的衣服。

讀書時當過曉風老師的助理，發現她常用書衣，她的用法是將一張簡單的白報紙包住書的封面。雖然只是一張紙，也是有摺法有規矩的。老師曾經教過我怎麼裁紙，怎麼摺紙，不過我對這種紙藝、編織之類的手工是十足的低能，就算教再多次也沒（打算）學會。

以前我不大明白為什麼要那麼麻煩用書衣，一本書能翻幾次？需要為它做件衣服保護著？直到有回在捷運上看一本書，讀得非常忘我，突然坐在我旁邊的一名婦人聲音非常洪亮地問：「妳在看甚麼書？」然後歪頭看書的封面，又大聲笑著說：「愛默生家的惡客。」

當下我臉一沉，心裡很不舒服。但我還是睜大眼睛看著她，想知道她是想跟我談這本書呢？還是談木心？

之後，她就禁聲不語，也不看我了。

那時我深刻體會到書衣的必要，除了保護書本，它還有「隱藏」的功能。想想，如果哪天我正在看余秀華《穿過大半個中國去睡你》，然後又被人在捷運上大聲朗誦出來，那會不會下一站就會有捷運警察上來找我下車喝咖啡了？

鑑於此，我買了一個布製的書衣，還是很低調沒花紋的墨綠色。

點了杯沒有名字，隨店家調配的飲料，所以送來時，我並不知道這杯裡究竟是什麼。就好像矇著眼睛飲茶。

◎矇著眼睛飲茶

這是一杯有著玫瑰花味道的茶，嚴格地說，它並不是茶，似是還加了點咖啡、奶、糖與玫瑰花。

糖中和了苦，奶中和了酸，可是還有一個尖銳的澀味凸顯了出來，是茶鹼釋出的澀，而且應該是紅茶。整體來說，這杯茶很別致，不只是特別。「特別」這個詞可褒可貶，太模稜兩可。而「別致」，只有好。

咖啡會澀嗎？喝了那麼多年的咖啡，我卻無法回答。就算有，也不顯著，印象中咖啡好像只有苦與酸。

前兩日聽袁瓊瓊老師說：所有的正妹都長得很相似，白皙的皮膚大大的眼睛……。看來看去好像都差不多，反倒認不清誰是誰了。

而能凸出個人特質的，其實就是那些缺陷瑕疵，也許是雀斑，也許是胖、也許是小眼睛，也許……。

霎時恍然，人是如此，食物也是啊！

如果咖啡不苦不酸，就不會讓人記得那味道。

如果啜飲的這杯茶裡所有的滋味都交融得完美無瑕，也許我也就不會記得當時舌尖上的那股澀意。

◎說麵

碩二那年選修現代文學，課堂中沈謙老師講到美食文學專題，說得興致高昂口沫橫飛，然後說：「美食文學用說的無趣，走走走我帶你們一起去吃。」

那堂課只有四位修課學生，下課後老師就帶我們搭計程車到遠企附近的一家俄羅斯餐廳吃飯。

那頓飯吃了什麼我已經忘記了，畢竟跟老師吃飯也不是件輕鬆的事。只記得上完那個專題，我最想吃的是「蘇州頭湯麵」。這源於陸文夫在小說《美食家》中寫道：主角朱自治清晨起來都會到朱鴻興麵店吃「頭湯麵」。蘇州人很講究「吃麵」，認為麵要好吃，就在於麵館開門時第一批下水的麵條最好，因為這時的水是清清爽爽無雜質的，待到第二批、第三批麵下鍋，水就糊了，吃起來味道就混了，濁了。以至於小說裡朱自治「眼睛一睜，他的頭腦裡便跳出一個念頭：快到『朱鴻興』去吃頭湯麵。」

那時看完這本小說，心裡說有多饞就有多饞。後來有次在蘇州吃早餐，發現當地真有早上吃湯麵的風俗，只是那時是作客，餐食都是主人家招待的，也就沒直率地問是不是「頭湯麵」。

我其實並不愛洋食西餐，前幾天堂妹貝貝開車載我到台中車站，路經一家義大利麵店說：「這一家的麵疙瘩好吃。」只可惜我只愛吃中華麵，大滷麵炸醬麵雲吞雪菜榨菜麵都愛，就是不愛吃義大利麵。也許是我不懂行，就像我品味不出馬卡龍的「好（貴）」一樣。

說到麵，鍾曉陽《停車暫借問》裡也有寫到上海外灘王家沙小麵館的爊魚拌麵。同樣寫得我眼饞心饞。網路搜尋了一下，發現王家沙可是滬菜名店，連香港都有分號呢！不知這王家沙與小說裡的王家沙是不是同一間？

◎乘車趣

搭六七一路公車時常常會遇到一位司機，我一直覺得他有過動傾向。語氣高昂整路話說不停，除了報站名外，遇到有人下車會說：「等我車停再起來就好。」或是：「車停再走，要不然會跌倒。」有時會在這句後多加一句：「你一跌倒我就慘了。」若有人上車：「坐好扶好，我要開車了。」……諸如此類的。

煩心的時候會覺得他很吵，但大多時候覺得他挺有喜感的。

這天又搭到他的車。到某站停車時剛好遇到他客運公司的同事，開了門一人在車上，一人在車外，彼此聊了幾句。然後關門開車，一路向乘客解釋：「今天（中元節）要拜拜啊！他出來買要拜拜的東西。我們每年的獎金都要另外繳一筆拜拜的費用。要拜土地公跟好兄弟啊！你知道好兄弟也要拜，我以前在馬祖北竿當兵的時候，有一位學弟就說每天被鬼壓，早上起來都覺得呼吸不順暢。我就跟他換床位啊！大概是我八字重吧，我去睡也沒事，那個學弟也好了。所以還是要拜拜啊！」

我怎麼會聽得這麼清楚？

因為他用麥克風宣講，不聽不行。

◎逛書店

上家教課前到東門金石堂書店晃一下。這書店在街角，旁邊是鼎泰豐本店，不論白天或晚上，每次經過時門口都聚集非常多等候著要進去消費的食客。

我在一樓看書，環境有些吵雜，有音樂聲，有人相互討論聲……但這都無妨，正當我翻看著架上的書時，傳來一位婦人厚圓飽滿的呼喊：

「漢，已經五十七號了，我們要進去了。」

我背對大門，聽這聲音是從門口傳來的。

我抬起頭，見我斜對面平台處一位大約二十歲的男生也往外大聲喊：「好，等一下，我拍一下（書的）照片。」

兩人大概是母子，相隔不到十步卻猶若千里之遙，聲音勢如破竹石破天驚，完全壓倒旁邊的一些小聲響，也或許這些小聲響全都噤聲等候那威風凜凜如王者之師的破天大響從空中穿越而過。

不到一分鐘，門口那婦人又震天大喊：「漢，你在做什麼？快點出來啦，已經五十八號了。」（再三顯示吃飯皇帝大）

那男生又抬起頭對門口喊：「好啦好啦，我要出去了。」聲音同樣非常厚實洪亮。（確定是一家人無誤）

然後匆匆地拍了張照片，走了出去。

這時，我看見正對面一位五十多歲的女士，安靜地轉頭盯著那位叫做「漢」的男生。

那種安靜，是莫可奈何的安靜。

◎等人

她在問我姓氏之後，要我稍候，遞了張發票給我我到櫃台之前，她正在跟旁邊另一位店員講話，說的是工作上的事，大概是腦裡的轉換器還沒切換過來。

起初我並不想進來，想坐在外面的廣場等人，那時已經晚上七點。廣場雖然有位置坐，但人來人往，人聲吵雜。有坐著吃外食聊天的，有等候看電影的，有闔家大小等待進去商場逛街的。看著聽著，心情浮躁了起來。

想到袋子裡有本小說，也許該找個比較安靜的地方等人，抬頭望去，從乾淨明亮的玻璃帷幕，看見星巴克裡幾乎沒人，「就那裡了」，我想。於是走了進去，點了杯咖啡。

她遞發票給我之後，又跟旁邊店員繼續講話，我有點恍惚，彷彿我是一股亂流，打亂了他們原先的頻道，又覺得整個過程彷彿少些什麼。我看了一眼皮夾，確認裡面沒有五元，方才提醒了那店員：「妳還沒找錢給我。」

離開櫃台，找了個角落坐下，翻開小說讀了起來。當時手機已快沒電，我想，如果等到沒電之時還未等到人，只好在最後一刻傳個訊息，讓對方抵達時進星巴克找我。

小說太好看，是張翎的《雁過藻溪》，也不知讀了多久，竟忘了自己在等人。後來，咖啡店的店員開始擦玻璃，掃地，擦桌子……咦，要打烊了嗎？

又沒多久，收到訊息：「再二十分鐘。」

我掩書收起，拿著咖啡杯到回收處，這才發現杯子上除了自己的姓氏之外，還有個像是麵包超人的漫畫，是那位店員畫上的，很可愛。

那杯子上的「葉's」，彷彿也在昭告天下，這是我製造的垃圾。

◎流蘇

公園裡流蘇花開了，一夜雨，落了一地點點白。

小男孩仰頭問：「媽媽，那飄下來的是什麼？」

他媽媽答：「是花啊！」

雨又落了下來，他們打傘走過。

◎海的顏色

近岸的海，是淺藍的，像晴日無雲的天空。越往外，顏色越沉，成了幽邃的藍。正午的海，晶瑩閃閃著刺目的銀光。黃昏的海，映著彤色的落日，如麗麗金沙。一旦入夜後，就是窈深的夢。

◎蚵仔煎

有次回小琉球，傍晚時爺爺說晚上要做蚵仔煎給我吃，拿十元要我到附近某戶人家買韭菜。我依言前去，那鄰人正在整理大把大把的韭菜，大概剛從田裡採收的，用台語說：「十塊也不知道怎麼賣。」就隨手拿一把遞給我，錢也不收。

我其實不吃牡蠣，但至今仍記得，那天兩個人吃得很開心。

前些日子回去時，特地騎車繞過去看了一眼。爺爺已不在了，那賣韭菜的人家，猶閒坐在屋前。

賈雨村言

有一天，我跟賈雨村約在一家叫做雲端的咖啡店，一坐下，他就憂鬱地說：「我的一個遠房親戚出了一點事，近來挺困擾的。」

「啥事？說來聽聽。」我說。

他嘆了一口氣說：「就是我那堂姑的二女兒，也就是我表姊，二十年前在台中買了間套房，最近一個月有一位自稱是同樓的屋主（以下簡稱為『C』）想辦法找到她，並慫恿她將房子出售。」

「那很好啊！之前聽你說你表姊不是住在高雄很多年嗎？所以台中的房子應該也不住了吧！」

「是這樣說沒錯，她說她也好多年沒去台中了，那間房子就任它在那裡，也沒出租。偏偏最近有一個人，就是那位C先生，在臉書上找到她，說他有朋友想買那間屋子，要她開價。最詭異的就是，在言語間又透露，這間是事故屋喔！聽說二十年前有個女人在那裡上吊，死了喔。」

我心驚：「是真的嗎？」

賈雨村瞥了我一眼：「妳信啊！我表姊說，如果有人在那裡自殺，那就是她啦。她都不知道她死過一回了喔。她是第一手屋主，也沒租給別人過……」

「那對方怎麼說？」

「就說鄰居都這樣傳，還提醒，這樣其實會影響房價。前幾天還傳臉書訊息給我表姊，說有一位在那附近住了二十五年的鄰居說，曾在那陽台看見過一個女人吊在那裡……」

我一聽，啞然失笑：「誰上吊自殺會跑到眾目睽睽的陽台啦，誰都知道自殺也有不被人發現的黃金時間啊！擺明就是鬼扯。」

賈雨村說：「問題就在那C先生說得煞有其事。然後還一直說想買房子，直要我表姊開價。」

「那你表姊開價了嗎？」

「開啦，不過大概覺得太貴吧！問他多少要買嘛，又不說，只說尊重屋主，也就是我表姊。然後又有意無意地把事故屋拿來重溫一次。我表姊被他煩透了，知道我人面廣，朋友多，跟我說了這事。要我打聽打聽。她說，她懷疑那個C是投資客，想低買高賣。」

我：「那你覺得呢？」

賈雨村：「我問妳，妳會想買事故屋，還這麼積極嗎？」

我搖頭：「我沒事考驗自己的八字幹嘛？」

賈雨村兩手一攤：「所以囉！妳說這事怪不怪？」

「嗯！確實挺怪。那你表姊還想賣房嗎？」

賈雨村說：「她為這事煩死囉，直接在臉書回對方：『老娘心情不爽，不賣房了。』」

然後，賈雨村接了一通電話，匆匆地跟我說再見就起身離去。

*

說到這個賈雨村，那天他接完電話匆匆走了之後，留了一杯咖啡的費用讓我付。誰叫他說有急事，匆促地離開，只說了句：「先幫我付啊！下回請妳。」

這個人真是田僑仔，以為一杯一五〇元的咖啡沒甚麼！都沒想到我只不過是月領二十三K的小小上班族啊！

前兩天颱風過後，天氣突然變得格外燠熱，某日下午我溜班到台大農產品中心買了冰淇淋坐在外面椅子吃，看見賈雨村騎著腳踏車悠哉悠哉地晃了過來，停好車，看見我喊了聲：

「葉小妹，這麼巧在這裡遇見妳，我要來等三點的鮮奶。妳來台大幹嘛，不會也要來搶（鮮奶）吧？」

我：「嘖，我沒那麼閒，你沒看見我來吃冰嗎？」

賈雨村看了看錶，發現還有十五分鐘才三點，就坐在我對面的椅子上。

「我上回不是說我表姊生氣地回對方：『老娘不賣房了』。」

「是啊，後來呢？」

「我表姊說，她還跟對方說散布謠言會有法律責任，那位C先生可能不知道會有這樣的結果，說：『我能理解妳聽到這樣的事心裡會不舒服，可是也不是我說的，是鄰居這樣傳啊！』。然後，我表姊就不理他了，傳來的訊息一律都已讀不回。」

我：「哈哈，妳表姊很有個性，而且那C先生都將責任都推給鄰居耶。」

賈雨村說：「我那表姊，平常看她蠢蠢傻傻，一點都不冰雪，想不到偶爾也像廟裡點的光明燈，在一片昏昏暗暗的氛圍裡，還有那麼一丁點該有的光亮。」

賈雨村一面盯著銷售中心，怕錯過送貨來的牛奶車，一面又說：「那C先生大概是急了，颱風過後的下午就說，他在風雨稍歇的時刻，找了更多的鄰居，問出來的又不一樣了，說不是我表姊那間，是別間。又說他又去找之前說在陽台看見一個女人掛在那裡的鄰居確認，那鄰居改口：『假的，記錯了。』然後一直跟我表姊道歉。」

我一面吃冰淇淋一面問：「『假的！』那改口的鄰居，看來眼睛跟腦袋的業障都挺重的。那你表姊的回應？」

「不回啊！全部都——已、讀、不、回。反正故事隨他編，隨他講。」

我：「哇！那C先生超級積極耶，颱風過後馬上去找更多的鄰居詢問，又再去確認傳言。他……警察局還是調查局的？」

賈雨村：「你想想動機，這麼積極的動機是甚麼？」

我：「這還用說，當然是利益啊。要不然做公德？」

響起一陣貨車隆隆聲，只聽見賈雨村站起來：「牛奶來了，我去排隊。妳要不要？我幫你買一瓶？」

「不用不用，我不喝鮮奶。」

然後我發現剛才坐在外面的一群阿公阿嬤，還有幾位學生也紛紛的移動方位。

呵呵，原來都來等鮮奶的！

我繼續吃我的冰淇淋，幾分鐘後，賈雨村買到了鮮奶，急忙牽著腳騎車：「葉小妹，我先走了啊！」

我：「喂！你還沒說完呀～」

賈雨村一臉無奈：「妳嘛幫幫忙，有點腦行不行，天氣這麼熱，是要我的鮮奶變成酸奶？下次再說下次再說。」

我一臉愕然，看著他騎他那輛老爺車喀拉喀拉的走遠了……

＊

後記：

那之後，我去外地出差一年，回來後沒再見到賈雨村，所以也不知道後續進展了。人間事常是這樣的，開了頭，卻總是沒有結尾。

機場驚魂記

樂團行政這個工作，常可以遇到一些有趣的事。但事後想起有趣，不代表發生的當下也有趣。

音樂圈的事我不能，也不敢寫太多，因為圈子小，很容易被對號入座。我可不想因此得罪人哪！

一般演出前，演奏家緊急在後台借皮帶借針線借熨斗借吹風機等等，這都是小case，只要嘴巴甜一點，人緣好一點，臉皮厚一點，總能想辦法借到。但偏偏就讓我就遇到一件最最驚險，不是人緣好臉皮厚嘴巴甜就能解決的事。

某次，我任職的樂團要到中國演出，那日在長榮航空辦理登機時，其中有一位團員機票上的名字錯誤，航空公司不給報到，堅持要我找代辦旅行社更改。偏不巧那天是周日，旅行社（一人旅行社）的姚姓負責人帶團出國了。那時離航空公司關櫃僅剩下大約四十分鐘。我在票務櫃檯前奪命連環扣，打到電池一格一格地耗盡，帶著一副對方不接電話誓不甘休的氣魄。我當時臉色應該很不好，因為那團員在旁愁著臉一直跟我說抱歉。也不知打了多少通電話才終於接通，我跟姚先生說了狀況，他知道後在電話裡也很焦急地說：「時間快到了呀，航空公司可以直接處理，妳把電話拿給他們票務。」於是我就在旁等待他們講電話。我的情緒隨著一分一秒地過去愈發地緊繃。思忖著最壞打算，如果重買機票，我如何向老闆交代損失？可是如果團員出不去，那意味著接下來的三場演出，樂團都會開天窗。這兩種責任都太大了，我承擔不起。

他們溝通大約兩三分鐘後，那票務將手機遞還給我，向我解釋說：「可以改名字，剛才不接受是因為擔心訂票人跟改票人是不同人……」。然後拿了那團員的護照，飛快地在電腦上打字。不久我們就拿到一張新的機票，當然也多付了更改姓名的手續費。我趕緊帶著那團員去櫃檯報到，確定他拿到登機證，心情才稍微和緩下來。

但事情還沒結束。

進到候機室時，又接到姚先生的電話，一面向我確認問題是否解決了，一面又跟我說：「你們在大陸還有兩段國內線航程，妳到上海後，再到南方航空改票……」

茶道課

學習茶道不知不覺過了半年。每週一次上課，我其實常常犯錯，老是忘記下個動作該怎樣做：柄勺取熱水與冷水時，手勢各該當如何？點茶期間，敷巾何時要繫在腰際？還有什麼時候要退建水？（建水，茶道具的一種）

「一張榻榻米要走四步，走的時候不能踩到線。」

「一定要記得右腳進來，左腳出去。」

「進茶室走到點茶處，要走七步，然後坐下。膝蓋對齊旁邊榻榻米的線。」

「茶碗要拿穩。」

「拿任何道具要舉重若輕，舉輕若重。」

送完和果子時也反覆被提醒：「（膝蓋）左退右退，鞠躬，側膝，立腳尖，然後站起來轉身走出去。」
每次開始上課前，老師也會說：
「二月了，用地爐點炭，屋子會較暖和。」
「三月了，用釣釜，釜會懸空擺盪，就像春風吹拂。」
「四月了，天氣漸漸變熱，要用旁邊有寬緣的水釜，遮住炭火，怕客人看了覺得熱。」
「五月了，原本地爐處用榻榻米蓋起來。此時，薰風南來，已經夏天了，我們要開始用風爐了。」
是日已是五月風爐的第二堂課，上課時，若四周安靜，會聽見爐上的釜在水滾時，發出陣陣「咻─咻─咻─」的聲音。
老師說：「這是松濤。風吹過松樹的聲音。」
但是只要加入一勺冷水，風聲就會停止。
每回上課將近四小時，下課後我的下膝蓋與腳踝距骨處都會輕微瘀青。朋友問：「要學多久才能畢業？」
問得我支吾難言。

茶道學問太多了，我還只是稍微碰觸到「形」的外圍而已。五百年留下來的「道」，哪那麼容易學會？

日本茶道中常被人提到的詞彙是「一期一會」。這句話源自五百年前，千利休在織田信長與豐臣秀吉兩位霸主的那個時代，常常歷經昨日還健在的朋友，今天就被殺害，因此他點茶時常常抱持著「這是與友人最後一次見面了」的心情。故而引申出，現在能與誰會面，同飲、共食，都可能是一生一次的最後機會。

所以，花開時，就賞花。想念一個人，就向那人說思念。

這天水屋瓷瓶裡有一枝花，粉紅色重瓣的大花，還未滿開，卻已展現雍容。老師問：「知道那是什麼花嗎？」

我：「我不確定，但我想猜一下——是芍藥？」

這是我第一次親眼看見芍藥。在這以前，我只看過印在圖片上沒有生命力的笨花。學習茶道還可同時辨識花草形名呢！

生日快樂

此刻，我正想著你。想你的昨日，你的今日。想你是如何成為現在的你。

小說《陰陽師》裡有句話：「名，即咒。」名字如此，生時尤甚，兩者皆與命運如環緊扣。

今生，我是先識了你的名之後，才識得他人的名。

今生，我也是先學會了愛你之後，才開始愛別人。

你曾說，這人間，乘願而來的都是聖者，而你一介俗子，是不願再來了。

我看著你的憂傷，無能為力。

然而，我也看著你將歲月踩得愈來愈厚，將殘缺與遺憾深埋底下，仰起頭，依舊微笑。

關於未來，我們一無所知，也因為有這個空白，恰好可以填上我對你的祝願：

我願你能明白，世間所有因緣隨時在流轉，悲無常悲，喜無常喜，聚散亦然。

我願你能分辨，所觸所及的諸事萬物，何為浮華，何為粹華。

我願你今後踏出的一步一履，都心安穩妥，不惑不懼。

我更願，明天的你永遠比今天更良善。

生日快樂。

白蓮

走著走著，有些累了
天太亮，亮得藏不住自己
我在來的路上給你寫了封信
卻發現，其實寄不出去的

*

海上來的風是靛青的藍
施施然穿透我的孤寂
寺宇廊廡間燭火閃爍，薄闇微明
僧人誦經聲穆穆

*

六月的雨從你的窗邊經過
綠樹悄悄在廢墟裡生根
我的憂愁啊，是彷徨行至佛前
頷首聽經的那朵白蓮

失約

你安立橋上俯望河水，河面映上你脖子上的圍巾，藏青色的，我遠遠的望著。風靜而冷，等得久了，你緊了緊衣襟。

你的臉龐漸有中年的滄桑，不知多年前那臉上的傷疤是否還在？歲月是否已刻蝕了眼角？還有那獨特而昂揚的語調聲腔是否依然？

心裡怦然。只是見與別，我們其實都無話可說。雖然我多麼想與你說悲說喜，說現實的文牒如何苦苦相逼，說人間太顛躓太嶒崚。

這座城市讀過太多寂寞，太多憂傷。很多事情，我是寧願自己不知道的。就像此刻我望著你，我也希望你不要知曉一樣。「知」，是牽絆，是掛記，是限制，是惦念，如此沉滯，就無法頡頏翱翔。於是我瘋狂而孤獨的寫字，寫舒雲朗日，寫陰灰荒颯，寫蕭簡清冷，寫了一疊又一疊的一籌莫展。但我願你飛，飛過平疇，飛向遠山。

河岸邊傳來歌唱，聲音平庸唱不成句，大概歌詞都跌進水裡了。這樣的月夜，唱甚麼都比說甚麼好，至少跌進水裡的語句都有了歸依，有了鈐印。

河面熒熒閃閃，燈光與月影恍惚交疊，蒼白斑駁。是誰說的：「如果我愛你，與你何涉？」

我正一點一點地和自己的過去重逢與告別，用一種非常成熟的絕望。

原諒我的失約，我決定不再見你了。

銀鐲

她很喜歡這對銀鐲子。鐲子上嵌著三小段環狀紋飾，帶著些許的東方色彩。她的身型纖瘦，就算鐲子圈圍小，戴在手上也還是晃盪盪的。當初她本想只買一只，但店家堅持必須一對一起，不拆售。她看著價格不高，又心喜那樣式，就買了下來。她曾想，手上戴著鐲子，也許有天她謝世前，她能褪下這個跟了她大半輩子的手鐲，送給那時陪在身邊的人。

這對鐲子來自印度，寬幅細小似蝦鬚，又稱為蝦鬚鐲，它的花紋並沒有寶來塢式的華麗，而是幾近素雅。她平日只戴一只，另一只用布覆著，像藏起甚麼似的置於衣櫃深處。她並不喜歡一對同時戴在手上，不論動作小或大，輕或重，兩環都會相互撞擊噹啷噹啷的，聲音叮鈴鈴，是悅耳，但有著不安份的招搖。

她曾經愛一個人，愛得曲折而羞怯，像一層被幽幽包裹的色彩，也像飄然而落的靜雪。雪跟雨是不同的，下雪時無聲，就像她在悲傷的時候，也能不顯山露水，依舊眉目清揚。反觀雨，噼噼嘈嘈，有時還有歇斯底里的虛張聲勢。

一日她在茶室上課，聽著竹筅掃過茶碗的聲音空靈寧靜。四疊半的榻榻米中嵌著一座地爐，爐火上吊掛著鐵釜，釜中有水輕沸汩汩，蒸氣縈紆而上。床之間一幅掛軸書著禪語，一枝緋紅櫻花斜插在花器中。花枝上有點點綠芽，意味著春生。她喜歡來上課，這靜室，四壁素樸，卻映照著天地間的規律，冬有枯槁，春有昳麗、夏有綠蕪、秋有金燦，用象徵把世界說得很近很近。而主客之間頷首答禮，僅寥寥數語，卻說盡江河浩浩的念念心傳。

這種心傳，讓她想起古人說的「靈犀」。那種不須言說，深以為然的默契與心照不宣。那得是兩個靈魂質地相當的人才能有的相印。用「相印」，而非「相應」，是因為「印」，表示著一筆不苟，墨色不枝不蔓，不揚不萎。也是張愛玲說的：「於千萬人之中遇見你所遇見的人……沒有早一步，也沒有晚一步，剛巧趕上了。」

而一個人，在塵世裡浮沉，人事來去，幸蹇交疊，在夤夜人靜時，想起一位如月光清亮的人。那人，想必與他是靈犀相親的。

如今所有的色彩都被時光洗淡了，再也說不出歡喜或哀傷。而手上的這只銀鐲，卻曾同她奔赴一場約，一場她赴的失約。

那夜，她在酒館角落臨窗遠望，見久別的那人步履蹣跚頹然而去。現實中有些辯解太過險惡，有些念望貪婪如饕餮。她不願他陷入她的泥沼。於是在那一個相約的夜裡，她只是遠遠張望，卻沒有起身向前喊他。

而後月復月，年復年，她漸漸明白，相契的人不見得朝夕相伴，就像美麗的故事往往沒有結局。

她那時的不出現，其實是保全，保全來日的安生。他們也都明白，就算彼此不說不問，江再深湖再廣，卻也相忘不了。靈犀，不就是這樣彼此不相干的相干著？她無法說給別人聽，於是默默地放在心底。而那無數個日月裡，手腕上的那只落單的銀鐲，一直緊緊挨著聽過她心底反覆湧起的層層波濤。

有位友人看了她的命盤說：「妳的星盤裡一個水象星座都沒有，天生是非常節制理性的性格。」她不知道什麼是理性，她只是不想表露那隱藏在心底的一縷青墨，也或許，她想用滿紙的重山水複，說那繾綣的煙水。那幾年紛紛的光陰已過，剜心刮骨的疼已經歷。而她總記得，他離去那天，有霧。

一間茶室，一方天地。茶筅從碗底打出的抹茶泡沫，像珠玉琅玕。亭主緩緩將茶碗轉向正面，至於界外，她上前持碗退身回座，而後相互行禮。在她曲身行禮，手掌平置於榻榻米上時，眼角餘光看見左手腕空落落的，突然有些惴惴。隨即又想起上課前她取下那只銀鐲，並收在袋子裡，就安心了起來。

這銀鐲，相對成雙，一個在這裡，一個在另方，迢遞成一段不能炫世的歲月。

等待

晨空淨澈，她細瘦的手往插著菖蒲的掛桶伸去，整了整花枝的角度。一顆殘留的水珠滑過細長的葉面，她輕輕彈開，水珠落到了地上的鐵缽中，缽中清水盈盈照著她清醒的寂寞。這天，是不用朱墨眉批，她也會記得的一日。

有些等待是知道對方會來，也就心安地打發著等待的時間。有些等待，是不確定那人會不會來，於是心懷忐忑引頸而盼。還有一種，是自始至終都沒發覺，自身所做的每一件事，都是為了等待。而她已經不知道，這些年她一念執著的，究竟是何者？

正午後她搭車進城，從捷運站出來，走進一個開滿九重葛的巷子，日陽熙明，街邊一家咖啡店傳出歌聲，細絲似的，斷在陽光裡。她記得那家咖啡店有一隻貓，灰白色的虎斑大貓，見了人就喵喵叫。她推門走進去，沒見到貓，倒是坐在窗邊的人朝她看了一眼。十年前她也曾經坐在那個位置，看著窗外的風吹過前庭池水蕩漾，那時池邊種了一片紫藍色菖蒲，葉如劍，花如燕，開得紛麗絢爛。

當年他就坐在與她相對的座位，說起那半年的變遷，說父親病故，母親與小媽之間的爭執，說曾擁有又失去的現實動盪與內心煩亂，說家族中令人無法捉摸的人情幽邃。那是他們分手後的第一次見面。他說：「我要離開這裡到大陸，我想過得簡單平淡一些，一點也不想介入那些讓人灰心的爭鬥。」

他說的是決定，不是詢問，不是商量。

他微微停頓，欲言又止，欲止又言，終於說了一句像從雲霧裡走來，繞過萬水千山的話：

「我想在離開前再看看妳，我不知道以後會怎樣，我希望妳能好好的。」

沉默了一會兒，又緩緩地說：「還有……別等了。」

她睜大眼看著他，看著最後這句話在彼此之間轟然鑿出一個大洞。隨後垂首低眉收斂起方才的驚愕，深呼吸一口氣，手顫顫地拿著叉子切著眼前的那塊蛋糕。她知道，此時他正注視著她，而她不願抬頭。

她喉嚨哽咽了一下，想這些年的分分合合，想彼此生命的交集與平行，想那些在心裡可鈎可沉，卻言語難喻的興盡悲來。不覺放下叉子，長嘆一口氣，轉頭看那在陽光下欲飛的菖蒲。

「那花開得真美。」

她說起她第一次看見菖蒲，是在奈良的唐招提寺。那時也是五月，在一派晴美新綠的佛寺池邊。古剎已歷千年寒暑，金堂的經幡在逆光的長廊下飄飛。她驀然升起一股曠世的空寂，彷彿聽見千年前六祖慧能在廣州法性寺說：「不是風動，不是幡動，仁者心動。」

那片依水蔓生的菖蒲，就在這座金堂邊的黃土小徑旁。菖蒲，總跟著水，水有清涼滌塵的作用，人們也認為菖蒲是避邪靈草。這座佛寺是大唐古風，開山祖鑑真和尚也是從唐朝走來的人。

她笑著說著，轉過頭，見他凝神諦聽，神情清雅儼然，在聽到

「六祖慧能」那一瞬，眼神明澈得彷彿沒有看過世間的塵埃。

「妳怎麼也知道《壇經》這段故事？」

「你忘了？你曾跟我說過的。」

她喜歡此刻的他，簡靜平朗，她也知道，在那個靜和之中是一個沒有她的世界。她心裡忽湧起一陣莫可名狀隱隱微微的鈍痛，是可以藏起來不驚動他人的那種。

她怕兩人間沉默的空白，又接著說：

「你去大陸，有機會幫我看看西安洛陽，看看古意斐然的唐風還在不在。」

她其實不是要說唐招提寺的菖蒲，她只是慌亂中想說些無關緊要的話來掩蓋他剛才鑿出的大洞。她不知道如何回應他那句「別等了」的話，她不知道如果有一天他不在這個城市了，那麼就算這城朝陽明豔，或風雨如晦，對她又有什麼意義？她彷彿走入砂礫亂石裸露的莽荒，話走到哪裡都跌跌撞撞磕磕碰碰。而她這些年所做的努力與改變，為的不過是想離他近一點，想跟他用同樣的視野感受這世間冷暖。可如今，他慨然決絕，連這點念想也沒有給她。

她奮力地想抓住些什麼，語調天真地說：

「不管以後怎樣，十年後的今天，你若還記得，我們就約在這裡。」思索了半晌：

「如果咖啡店不在了，這個巷子總是在。」

她拿出筆，從杯底抽出杯墊，在那張印著咖啡店名稱的厚紙片寫上：「二〇一七年五月十一日下午兩點。」寫完後遞給他：「就這年這天。」

他接過來，沒點頭，也沒搖頭。她知道他不會承諾，也不會說一句安慰人的虛話。可是她自私地想攀住這個念望，像溺水之人渴望緊抓著浮木一般，哪怕是十年，哪怕那日子比日曆更綿長。可是心裡一面這樣想，嘴上又言不由衷地說：

「其實，到時你就算不來，也沒有關係。說不定我也會忘記的。」

她朝他燦燦地笑了一下，笑出眼底一陣酸。

那日，他們在那家店前道別。只說了聲：「好好保重」。

她不知道他是哪天離開這座城市的。而後的數年，她換了兩三個工作，從城南到城北，再從城北到城東，在一天與其他日子並沒有差別的尋常裡，收到一張夾在一堆廣告信中的卡片。信封上是明明秀秀的字跡，她仔細拿著刀片劃開彌封處，抽出一張明信片大小的紙張，正面是手繪的西安小雁塔的水彩畫，筆觸高奇清蔚，色澤溫潤恬和，右下角簽署的人名她並不識，似是法號，但她認得出，字跡是他。背面空白處只寫著四個字：「幡靜風止。」

她拿著那張卡片，反覆地看了好一會兒，才悠悠回憶起曾經對他說過「風動幡動」時，他神情的悄然一動。還有之前他曾跟她說過的許多高僧故事與經文典故。

她笑了起來，紙上只說了四個字，紙上沒說的是他滿腔清清冽冽的凜然。他終究還是孑身飄然地走入佛家。而此刻，自身的悲喜已微不足道，在數載的全無音訊之後，知道那人平安，就好。

如今她再走進這個巷子，咖啡店的店名沒變，但似乎已換人經營。庭前的水池也填成一座小花園，不再見菖蒲蹤跡，倒是多了玫瑰瑪格麗特這類俗麗的花。

她點了一杯紅茶坐在窗邊的單人座，她知道她等的人不會來。整個下午，她靜靜地看窗外撲撲簌簌的大風吹來蔽天飛塵，看對街的綠樹忽忽揚起，又紛紛而落，看一屋子的笑聲從她的身邊堂皇走過，看附近的座位換了一人又一人，看天看地，看她這些年緊緊拽在心底不夠瀟灑的癡心妄念。

窗裡門外盡是哄哄鬧鬧的歲月，而她作了一場安靜簡遠的夢。

一直坐到日光晻晻，她才拿起杯子，喝了一口早已涼透的茶。這茶，擱得太久，沁出了苦澀。

釀文學225　PG2084

𨢍艷處細雪飄落

作　　者　葉含氤
責任編輯　陳慈蓉
圖文排版　周妤靜
封面設計　楊廣榕

出版策劃　釀出版
製作發行　秀威資訊科技股份有限公司
114 台北市內湖區瑞光路76巷65號1樓
電話：+886-2-2796-3638　傳真：+886-2-2796-1377
服務信箱：service@showwe.com.tw
http://www.showwe.com.tw
郵政劃撥　19563868　戶名：秀威資訊科技股份有限公司
展售門市　國家書店【松江門市】
104 台北市中山區松江路209號1樓
電話：+886-2-2518-0207　傳真：+886-2-2518-0778
網路訂購　秀威網路書店：https://store.showwe.tw
國家網路書店：https://www.govbooks.com.tw
法律顧問　毛國樑　律師
總 經 銷　聯合發行股份有限公司
231新北市新店區寶橋路235巷6弄6號4F
電話：+886-2-2917-8022　傳真：+886-2-2915-6275

出版日期　2018年8月　BOD一版
定　　價　270元

Printed in Taiwan

國家圖書館出版品預行編目

嚲艷處細雪飄落 / 葉含氤作. -- 一版. -- 臺北市：釀出版, 2018.08

面； 公分. -- (釀文學 ; 225)

BOD版

ISBN 978-986-445-261-3(平裝)

855 107009896

讀者回函卡

感謝您購買本書，為提升服務品質，請填妥以下資料，將讀者回函卡直接寄回或傳真本公司，收到您的寶貴意見後，我們會收藏記錄及檢討，謝謝！

如您需要了解本公司最新出版書目、購書優惠或企劃活動，歡迎您上網查詢或下載相關資料：http:// www.showwe.com.tw

您購買的書名：______________________________

出生日期：________年________月________日

學歷：□高中（含）以下　□大專　□研究所（含）以上

職業：□製造業　□金融業　□資訊業　□軍警　□傳播業　□自由業

　　　□服務業　□公務員　□教職　□學生　□家管　□其它_____

購書地點：□網路書店　□實體書店　□書展　□郵購　□贈閱　□其他

您從何得知本書的消息？

□網路書店　□實體書店　□網路搜尋　□電子報　□書訊　□雜誌

□傳播媒體　□親友推薦　□網站推薦　□部落格　□其他__________

您對本書的評價：（請填代號　1.非常滿意　2.滿意　3.尚可　4.再改進）

封面設計____　版面編排____　內容____　文／譯筆____　價格____

讀完書後您覺得：

□很有收穫　□有收穫　□收穫不多　□沒收穫

對我們的建議：______________________________

____

____

____

請貼
郵票

11466
台北市內湖區瑞光路 76 巷 65 號 1 樓
秀威資訊科技股份有限公司 收
BOD 數位出版事業部

....

（請沿線對折寄回，謝謝！）

姓　　名：＿＿＿＿＿＿＿＿＿＿＿　年齡：＿＿＿＿　性別：□女　□男

郵遞區號：□□□□□

地　　址：＿＿＿＿＿＿＿＿＿＿＿＿＿＿＿＿＿＿＿＿＿＿＿＿＿＿＿＿＿

聯絡電話：(日)＿＿＿＿＿＿＿＿＿＿＿＿(夜)＿＿＿＿＿＿＿＿＿＿＿＿

E-mail：＿＿＿＿＿＿＿＿＿＿＿＿＿＿＿＿＿＿＿＿＿＿＿＿＿＿＿＿＿